texto HMH

Maria Chapdelaine

de Louis Hémon

PAR DELPHINE BAILLY ET
EMMANUEL GUILBERT

HURTUBISE HMH

Données de catalogage avant publication (Canada)

Bailly, Delphine, 1967-

Maria Chapdelaine

(Texto HMH. Francais; 9)

Comprend des réf. bibliogr. et un index.

Pour les étudiants du niveau collégial.

ISBN 2-89428-223-0

1. Hémon, Louis, 1880-1913. Maria Chapdelaine. 2. Hémon, Louis, 1880-1913 – Critique et interprétation. I. Guilbert, Emmanuel, 1966- . II. Titre.

PQ2615.E35M333 1998 843'.912 C98-940856-6

Consultation pédagogique: France Boisvert

Révision générale: Suzanne Teasdale

Correction d'épreuves: Nathalie Savaria et Anne-Marie Théorêt

Conception de la maquette
et infographie: Design Copilote, Montréal

Responsable éditoriale: Maya Prpić

Éditrice pédagogique: Miléna Stojanac

Éditions Hurtubise HMH ltée
1815, avenue De Lorimier
Montréal (Québec) H2K 3W6 Canada

Téléphone: (514) 523-1523
Télécopieur: (514) 523-9969

L'édition de poche utilisée pour ce livre est la suivante:
Maria Chapdelaine, Montréal, Bibliothèque québécoise, 1990.

ISBN 2-89428-223-0
Dépôt légal — 4e trimestre 1998
Bibliothèque nationale du Québec
Bibliothèque nationale du Canada

Imprimé au Canada

Sommaire

La brève vie de Louis Hémon apparaît comme une suite d'esquives, d'évanouissements, de disparitions, de fuites.

On lui connaît peu d'amis, aucune relation avec le milieu littéraire (il publiera plus volontiers dans des journaux sportifs); ses écrits les plus intimes se résument à une correspondance avec sa famille dans laquelle il tait sa vie privée, ses ambitions et son travail d'écrivain. Restent quelques faits, révélateurs à force de silences.

Débuts

Troisième enfant de Félix Hémon et de Louise Le Breton, Louis Hémon naît à Brest en 1880 dans une famille réputée d'authentiques Bretons. Félix Hémon est professeur de lycée et s'engage alors dans une brillante carrière universitaire qui va le conduire au poste d'Inspecteur général de l'Instruction Publique. Dans sa jeunesse, il a pu correspondre avec Victor Hugo et Frédéric Mistral, et a publié différents ouvrages sur l'histoire littéraire, certains couronnés par l'Académie française. C'est dire que le jeune Louis grandit dans une famille aisée, intellectuelle, dont les enfants sont appelés à faire carrière.

Dès 1882, les Hémon s'installent à Paris où Félix est nommé professeur. La famille y vivra désormais, à l'exception des vacances passées en Bretagne.

Louis est un enfant turbulent, impétueux, et terriblement entêté. Mais il est également doué d'un grand sens de l'observation, épaulé par une solide mémoire.

Études

Il étudie au lycée Montaigne, puis au lycée Louis-le-Grand, prestigieux établissements où son père enseignait plusieurs années auparavant. Élève qualifié de fantaisiste par sa sœur, il est tantôt à la tête, tantôt à la queue de la classe avec une égale insouciance mais franchit l'étape des études avec une grande facilité et un talent prononcé pour les lettres.

À Louis-le-Grand, il contracte le goût du sport qu'il pratiquera toujours intensivement. Il s'exercera ainsi à la boxe, au cyclisme, au canotage, à la course, auxquels on pourrait ajouter l'escrime, l'équitation, la gymnastique, la natation... et la marche, qui le conduira loin. Le souci de vitalité physique, tout comme son mépris pour les résultats scolaires, manifestent déjà un désir d'autonomie et un esprit indépendant.

Après avoir obtenu son baccalauréat, il entre à la Sorbonne afin d'y étudier le droit, sans enthousiasme. Parallèlement, il apprend l'anglais et fréquente l'École des langues orientales, étape qui doit le mener à l'École Coloniale. Projetant de partir pour l'Asie, il étudie l'annamite. À ces activités il ajoute l'apprentissage de la sténographie et de la dactylographie, ainsi que la comptabilité. Louis Hémon fourbit alors les armes de son indépendance, se donnant les moyens de pouvoir exercer différents métiers dans différents pays.

Annamite. Langue parlée en Indochine.

Lors des vacances, il retrouve la Bretagne, et plus précisément la région de Quimper, s'adonnant à la natation et lisant ses auteurs favoris, Dickens, Kipling, Hugo, entretenant un goût atavique◆ pour la mer et les voyages. Par trois fois il effectue de courts séjours en Angleterre afin d'y parfaire sa connaissance de la langue anglaise. Il conclut ses études en 1901, à 21 ans, par l'obtention d'une licence en droit et d'un diplôme en annamite. Mais, admis au concours de l'École Coloniale dans la section Afrique plutôt qu'Asie, il démissionne. Ce temps vacant le contraint au service militaire de 1901 à 1902. À son retour, il s'installe à Paris. Louis a déjà affirmé sa volonté d'indépendance vis-à-vis de son père : il entend mener sa barque et va le prouver par la suite. D'ailleurs il restera toujours discret sur ses projets et sa vie privée. Un proche dira : « Ses deux passions ont été le sport et le silence, allant jusqu'au mystère. »

Louis Hémon est friand de littérature anglo-saxonne, et tout particulièrement de l'écrivain britannique Rudyard Kipling (1865-1936) qu'il traduira. Ce dernier, grand voyageur, auteur du *Livre de la jungle* et de *Capitaines courageux*, a visité le Canada et habité en Nouvelle-Angleterre. Il prône une « conception héroïque de la vie ».

La « City »

En 1903, dans un revirement dont il se fera une spécialité, il abandonne une éventuelle carrière, sa famille, le monde

Si le « progrès moral » que tu me souhaites, et dont tu crois avoir remarqué les débuts, ô illusion, t'a donné la douce espérance de voir éclore en moi le jeune homme rangé, pondéré et tranquille propre à devenir avec l'âge le modèle des fonctionnaires, je crois, hélas, qu'il faut rayer cela de tes papiers.
(Lettre à son père, 1899)

où il a grandi et s'expatrie en Angleterre. Installé à Londres, il y restera huit ans, vivant de petits emplois de bureau mal rémunérés (ses connaissances en dactylographie et en comptabilité lui sont à présent utiles) et de subsides réclamés régulièrement à sa famille. Il est alors secrétaire bilingue, ou représentant de commerce.

Mais surtout, profitant de sa liberté toute neuve, il écrit et se fait publier. En 1904, le journal sportif *Le Vélo* lance un concours de nouvelles. Louis Hémon l'emporte avec *La Rivière*, entamant ainsi une collaboration avec le journal qui se poursuit par l'envoi régulier d'articles sportifs et de nouvelles. Il peut y mêler ses deux passions : la littérature et le sport.

Il n'en espère pas pour autant la gloire : à propos de coupures imposées par le journal dans l'une de ses nouvelles, il écrit : « On a dû confier ce travail à un journaliste sentimental et ivre. Je me suis senti tout attendri moi-même en lisant la petite histoire qu'il a substituée à la mienne. Mais je n'ai pas d'amour-propre littéraire, et la bonne galette m'a amplement consolé. »

Il signe alors ses trois premiers romans, *Colin-Maillard* (1908), *Battling Malone, pugiliste* (1909) et *Monsieur Ripois et la Némésis* (1910), qui ont tous Londres pour cadre. Les manuscrits sont expédiés à sa famille à fin de conservation, avec défense expresse de les lire. Il les propose par ailleurs à l'éditeur Bernard

Grasset qui les juge bons mais refuse de publier un premier roman, l'affaire étant trop risquée. Ces titres ne paraîtront respectivement qu'en 1924, 1925 et 1950, bénéficiant du succès de *Maria Chapdelaine*.

Au cours de cette période incertaine, Louis Hémon rencontre Lydia O'Kelly, une Irlandaise appartenant au monde du spectacle, dont il aura une fille en 1909, Lydia Kathleen. Mais la jeune femme souffrant de troubles d'ordre psychologique est internée peu après. Il laissera l'enfant à la garde de sa belle-sœur, à qui il enverra de l'argent aussi régulièrement que possible.

Peur des nouvelles responsabilités ? Essoufflement de sa créativité ? Dégoût de la Cité ? En 1911, Louis annonce à ses parents qu'il quitte l'Angleterre pour le Canada, sans autre explication que celle-ci : « Je m'en vais d'abord parce que rien ne m'attache plus à Londres, et pour d'autres raisons excellentes pour moi, mais qui n'auraient de sens pour personne d'autre » (Lettre à sa mère, 4 octobre 1911), faisant silence sur sa toute récente paternité. Pourquoi le Canada ? La politique d'immigration à destination du dominion était alors à son plus fort, avec Londres comme l'un des principaux points de propagande ; on peut penser que Louis Hémon n'y fut pas insensible.

Abandonnant femme et enfant, il s'embarque le 12 octobre sur le *Virginian* à destination de Québec.

Deux mois avant sa mort, sa famille apprend par hasard l'existence de sa fille en Angleterre. Répondant à son père qui demande des explications, il écrit : *Vous n'avez jamais eu à intervenir là-dedans parce que je considère que cela ne vous regarde en rien. J'ai mon code. Tout comme vous. Je fais ce que je pense devoir faire ; et quand il s'agit d'une chose qui regarde moi d'abord, j'entends non seulement faire ce que je veux, mais encore que vous fassiez ce que je veux ; c'est-à-dire rien. C'est facile, commencez de suite.*
(Lettre à son père, 19 mai 1913)

Au pays de Maria

Pendant la traversée, il interroge autour de lui : il a l'intention de parcourir du « pays neuf » et de faire la moisson dans l'Ouest. Un prêtre conseille à ce jeune homme à la figure « ravagée, tourmentée, celle d'un homme qui a beaucoup souffert... » d'aller plutôt au Lac-Saint-Jean, une région en plein développement. À Québec, il parcourt les rues, exprime son intérêt croissant dans un journal de voyage qu'il destine à Grasset.

Une semaine après son arrivée, il est à Montréal et trouve un emploi de secrétaire bilingue dans une compagnie d'assurance-vie, histoire de passer l'hiver en consolidant sa bourse. Il en profite pour rédiger plusieurs articles pour *L'Auto*, journal sportif parisien, et découvre Montréal. Mais la métropole ne l'intéresse guère et, à nouveau lassé du travail de bureau, il s'éloigne pour « rentrer dans la nature ».

Sur la route

En juin 1912, il prend le train pour La Tuque, où il s'arrête quelque temps pour découvrir la vie des chantiers. Il trouve là matière à un article où il décrit les « hommes du bois » marchant sur la voie ferrée du Transcontinental, et la liberté de ceux qui « portent toutes leurs possessions terrestres sur leur dos ». De là, il se rend à Roberval pour y accomplir le tour du lac à pied, cherchant son « pays neuf ». C'est ainsi qu'il tombe sur le village de Péribonka, authentique paroisse de colonisation. Rencontrant le fermier Samuel Bédard sur le bac, il lui propose ses services en échange d'un salaire dérisoire, le logis et la nourriture. Visiblement, Louis Hémon ne cherche qu'à pénétrer le milieu des colons pour mieux l'observer, le décrire. Il puisera effectivement parmi les membres de la famille Bédard les sources de son fameux roman. À chaque occasion, il prend des notes, interrogeant l'intelligente Laura Bédard, femme de Samuel, ou bien les gens du village qui le considèrent comme un original. Il ne confie ses intentions à personne et bientôt cet homme qui écrit toujours et travaille pour rien est surnommé « le fou à Bédard ».

Louis Hémon aime à s'occuper des enfants Bédard, surtout du petit Titon qu'il surnomme « petite fille ». Il apprend de Samuel qu'ils sont orphelins nés de mère irlandaise, comme sa fille abandonnée à Londres.

À la fin d'août Samuel Bédard est engagé par des ingénieurs de chemin de fer qui projettent de construire une ligne sur la rive nord du lac Saint-Jean. Hémon le suit et devient chaîneur. De cette manière, il continue à satisfaire son goût pour la vie de plein air et les travaux physiques. C'est encore également l'occasion de découvrir et de noter une autre manière de vie rude des « Canayens ».

Chaîneur. Arpenteur qui mesure les surfaces et accidents de terrain à l'aide d'un outil spécialisé : la chaîne.

Le dernier départ

Fin décembre, il s'installe pendant six semaines à Saint-Gédéon pour y rédiger *Maria Chapdelaine*. De nouveau à cours de ressources, il travaille à Kénogami, dans une importante manufacture de papier, qu'il quitte fin mars, fidèle à son esprit d'indépendance : « On a commencé à réorganiser les choses peu à mon goût, alors j'ai pris le train » (Lettre à sa mère, 7 avril 1913). De retour à Montréal, il trouve un emploi de

Annonçant son départ de chez Lewis Brothers en 1913, on tente de le retenir en doublant son salaire. Il répond: *C'est drôle, comme M. Lewis ne comprend pas la vie... La vie, ce n'est pas l'argent. La vie, c'est aller ici et là, c'est voyager, c'est observer, c'est respirer un peu de liberté, c'est pénétrer l'âme d'autrui sous différents climats.* (Louis Hémon cité par Alfred Ayotte, p. 340)

traducteur chez Lewis Brothers et profite de son temps libre pour dactylographier *Maria Chapdelaine* auquel il met la dernière main. Cependant il a conservé l'idée de l'Ouest où il veut aller faire la moisson. Son intention est d'y parvenir par étapes en marchant le plus possible pour épargner de l'argent et découvrir la physionomie du pays. Après avoir posté le manuscrit et les copies de *Maria Chapdelaine* à ses parents et au *Temps*, il quitte Montréal le 26 juin et arrive en Ontario, à Chapleau, utilisant clandestinement les wagons de marchandises. Accompagné de Harold Jackson, un Australien rencontré sur la route, il s'occupe quelques jours à de menus travaux, et repart le soir du 8 juillet, en suivant la voie ferrée à la manière des *hobos*. À quelques kilomètres de Chapleau, une locomotive du Canadien Pacifique renverse les deux hommes et les tue sur le coup. On identifie Louis Hémon grâce au reçu de poste de *Maria Chapdelaine* qu'il portait encore sur lui. Il est enterré à Chapleau.

Hobos (de l'américain *hobo*, chemineau). Vagabonds utilisant clandestinement les trains de marchandises pour se déplacer.

Mémo

- Louis Hémon, né en France, grandit dans une famille cultivée où la littérature occupe une place importante, mais refuse de faire carrière: il préfère découvrir du pays en vivant de petits emplois et se consacrer à son travail littéraire, le seul moyen de préserver son indépendance.
- À Londres, où il reste huit années, Louis Hémon écrit plusieurs articles et nouvelles qui seront publiés dans des journaux sportifs. Il écrit également trois romans qui seront alors refusés et publiés après sa mort.
- Au Canada, Louis Hémon désire étudier la vie des colons et se joint à eux. Il trouve chez les Bédard, à Péribonka, l'atmosphère qu'il décrira soigneusement dans *Maria Chapdelaine*.

L'époque de Louis Hémon

Dès 1904, Louis Hémon fait dire au héros de la nouvelle intitulée *Jérôme* : « Savez-vous qu'on peut aller au Canada pour cinquante francs ? ». Lancé comme une bravade à la tête de « fonctionnaires zélés », la prédiction devait se réaliser huit années plus tard. Mais quelle raison pouvait attirer en Amérique du Nord le jeune Français alors exilé à Londres ? Et que représentait le Canada pour un Européen pendant les premières années du XXe siècle ?

Le siècle du Canada

Après une longue période de stagnation, le Canada connaît au tournant du siècle une croissance sans précédent. Avec la mise en valeur des ressources agricoles de l'Ouest, de ses immenses forêts et de ses richesses minières, on ira jusqu'à parler de « siècle du Canada », titre détenu un siècle plus tôt par les États-Unis. La rencontre de plusieurs éléments favorables permet au pays de tirer enfin la pleine mesure de ses potentiels. D'une part, la découverte d'or au

Yukon en 1896 fait office de catalyseur. Attirés par la perspective d'une fortune rapide, des immigrants déferlent par vagues sur le continent à destination du Klondike, générant une croissance démographique décisive. D'autre part, la conjoncture politique canadienne devient favorable avec l'élection en 1896 de Wilfrid Laurier qui inaugure 40 ans de gouvernement libéral. Forte personnalité, Laurier saura donner au pays l'assise qui lui fait jusque-là défaut tant au niveau national qu'international. Enfin, le Canada acquiert deux nouvelles provinces en 1905 : l'Alberta et la Saskatchewan qui ouvrent la Prairie, une des plus vastes zones céréalières du monde.

Afin de permettre le développement de ces territoires et de cimenter géographiquement le pays, on forme le projet d'une ligne de chemin de fer transcontinentale. Par son rôle fédérateur, le *Canadian Pacific Railway* (le Canadien Pacifique) devient l'emblème de la nouvelle union canadienne. Constituant l'enjeu de pressions diverses, la compagnie ferroviaire sera également au centre de scandales et de conflits, comme celui qui l'opposera à Louis Riel.

Quand les Métis de la Rivière-Rouge (Saskatchewan) se voient enlever leurs terres par conquérants et arpenteurs, ils se rebellent, menés par le jeune Louis Riel. Le leader sera capturé, jugé et pendu le 16 novembre 1885, au grand émoi du Québec.

Pour coloniser ses grands espaces, le Canada s'engage dans une politique de propagande intensive à destination de Paris, de Londres et même de l'Empire russe, vantant les possibilités extraordinaires du pays. Louis Hémon a entendu l'appel dans la capitale britannique et c'est vers un Canada en pleine expansion que l'écrivain navigue à bord du *Virginian* en 1911 pour « aller faire la moisson dans l'Ouest ».

D'abord à la recherche de « pays neuf », il entend traverser le Québec sans s'y arrêter. Un missionnaire le fait changer d'avis et oriente ses pas vers la région du Lac-Saint-Jean alors en pleine colonisation. Après la visite de Montréal, il découvre un territoire qui se développe grâce aux défricheurs canadiens-français et aux immigrants.

Au Québec

Statisme...

Essentiellement agraire du temps de la Nouvelle-France, le Québec l'est demeuré par la suite afin d'assurer sa survie. En 1901, la population est encore aux deux tiers rurale.

Lorsque l'élite dirigeante française est rapatriée en Europe aux termes du traité de Paris en 1760, les Anglais occupent les postes vacants. Dépossédés des rôles économiques et politiques, ceux qui restent s'accrochent à leur bien unique : la terre. Il en résulte que dans la première moitié du XIXe siècle la société canadienne-française est rurale, largement analphabète et vit en vase clos. Devenu principal représentant de la culture française, le clergé assume alors la direction matérielle et spirituelle de la population. Pour cela, il accumule les fonctions administratives et intervient politiquement dès qu'il juge l'avenir du peuple menacé.

Lorsque la France perd la guerre de Conquête (1754-1760) qui l'opposait à l'Angleterre, elle cède ses colonies du Canada et d'Acadie dans le traité de Paris signé le 10 février 1763. La Nouvelle-France est démembrée et les Canadiens ont 18 mois pour quitter le pays s'ils le désirent.

Malgré la forte natalité la population rurale ne s'augmente que dans des proportions très faibles dans les deux provinces les plus vieilles du Canada : celles de Québec et de l'Ontario... Les Canadiens français des campagnes commencent déjà à se déraciner, soit pour grossir le demi-million d'habitants de Montréal, soit pour se concentrer autour d'autres villes plus petites..., soit enfin pour passer la frontière et se fixer aux États-Unis.

Itinéraire, p. 41.

Le curé François-Xavier-Antoine Labelle organise dès 1870 la colonisation des terres du « Nord » (Laurentides). De 1888 à 1890, il occupera le poste de sous-ministre de la colonisation.

Devenu premier ministre sous J.A. Macdonald en 1857, George-Étienne Cartier (1814-1873) encourage la politique ferroviaire et contribue à l'établissement de la Confédération canadienne.

Le clergé structure le Québec à l'aide des paroisses, unités de base de la vie quotidienne. Dans *Maria Chapdelaine*, l'église et son curé rassemblent et règlent la vie du petit village de Péribonka, dont toute autre administration semble absente. L'Église prend également en charge l'enseignement : elle forme les fils de paysans qui, appelés à exercer des professions libérales, constitueront, avec le clergé, l'élite de la nation.

D'autres Canadiens français, comme le personnage de Lorenzo Surprenant, préfèrent tenter leur chance dans les villes américaines, dont la croissance a supplanté les cités canadiennes. De 1896 à 1901, près de 500 000 Canadiens français quittent le Québec pour les « États ». Dans une tentative d'enrayer le mouvement, le clergé se charge de la colonisation du Saguenay (dont les Bédard-Chapdelaine feront partie) et de l'Abitibi, notamment par l'entremise du curé Labelle.

Parallèlement, l'Église développe un discours nationaliste reposant sur l'« agriculturisme◆ ». Se fondant sur l'idée que la race française a pour piliers sa langue et sa foi, elle défend le principe selon lequel seule l'activité agricole peut les préserver. Reprise par certains dirigeants politiques comme George-Étienne Cartier, cette idéologie rassemble toutes les valeurs conservatrices : idéalisation du passé, méfiance envers l'ordre social moderne, refus de l'industrialisation, dénonciation du matérialisme.

Les effets s'en feront ressentir : l'infériorité des Canadiens français dans le secteur industriel en témoigne. Si les discours du clergé n'empêchent pas l'industrialisation massive de la province, leur influence entrave la volonté des Canadiens français d'y participer et laisse le pouvoir économique leur échapper. Les principaux bénéficiaires restent alors, à quelques exceptions près, les membres de la classe dirigeante anglophone.

... et progrès

L'expansion profite aux deux provinces du Québec et de l'Ontario. À Montréal et à Toronto sont concentrés banques et bureaux. Le riche potentiel hydroélectrique du Québec accélère son industrialisation. Les villes s'étendent rapidement, attirant une importante population lasse des durs travaux de la terre qui vient augmenter la masse des ouvriers. Dominant cette période avec Jean-Lomer Gouin et Louis-Alexandre Taschereau, le Parti libéral favorise l'importation de capitaux étrangers (essentiellement américains) afin d'exploiter au mieux les ressources : la manœuvre permet de créer des emplois mais confirme la dépendance du Québec vis-à-vis de l'extérieur, et maintient les capitaux aux mains des anglophones, accentuant ainsi leur domination économique. Les différences sociales se marquent par les contrastes entre les quartiers aisés d'architecture victorienne habités par les anglophones, et les quartiers ouvriers francophones sans hygiène dénués de système d'évacuation des eaux. L'avènement du tramway électrique (les « petits chars ») entraîne le développement des banlieues qui creusent les différences économiques et sociales. À son arrivée, Louis Hémon parlera de Montréal comme d'une « sale ville pour les pauvres diables pendant l'hiver » (Lettre de 1911).

Les cités du vice

Pour l'Église comme pour nombre de nationalistes, la ville se présente comme un foyer d'infection propagateur d'influences étrangères. Alors que dans sa paroisse l'habitant vit entouré d'un système de traditions et construit son quotidien sous les conseils du curé, l'ouvrier du milieu urbain, hors du contrôle clérical, est exposé aux risques de l'acculturation◆. Travaillant sous les ordres d'employeurs anglophones, se divertissant dans les cinémas riches en programmes américains, le citadin francophone voit sa langue soumise à rude épreuve, sans parler de ses mœurs. L'Église condamne rapidement l'urbanisation et son mode de vie qui favorise la pénétration de l'immoralité américaine. Pour elle, le cinéma devient une « école de perversion », la ville propage les « virus » du féminisme et du divorce. Les motifs de croisades sont multiples, attisés par l'apparition du communisme qui se répand à travers les syndicats.

En milieu urbain, les conditions de travail sont encore très dures : le travail des enfants est chose banale (l'usine de filature de coton de Hochelaga employait 200 enfants, dont certains âgés de 8 ans). Les syndicats américains et internationaux trouvent un terrain idéal pour se développer. Aux yeux de l'Église, ces organisations non confessionnelles diffusent les idées révolutionnaires bolchévistes et représentent une menace supplémentaire. Elle riposte en créant à son tour des « unions » catholiques et nationalistes. Soutenues par le Vatican, ces structures jouent le rôle de syndicat tout en encadrant moralement l'ouvrier. Leur succès est important : en 1932, 60 % des syndiqués canadiens-français sont regroupés à l'intérieur d'unions catholiques. Cela n'empêche pas la société de continuer à se transformer profondément. Et devant la domination économique et culturelle anglophone, l'élite dirigeante francophone se joint à l'Église pour définir une politique de sauvegarde des valeurs traditionnelles.

En Russie, les bolchévistes désignaient les partisans de Lénine. Ils prônaient l'idée d'une union des ouvriers et des paysans en vue d'une révolution sociale.

La riposte nationaliste

La lutte contre l'industrialisation trouve un écho du côté politique avec Henri Bourassa, ancien fidèle de Wilfrid Laurier. Celui-ci a renouvelé la tendance du nationalisme en insistant sur l'indépendance nécessaire du Canada d'avec l'Angleterre. Bourassa mène plusieurs campagnes contre l'impérialisme canadien qui cherche à s'associer avec l'Empire britannique. En 1910, il fonde le journal *Le Devoir* pour y exposer et

Pour [les émigrants anglophones] Québec n'est que le porche aux sculptures archaïques par où il faut passer pour déboucher dans la rudesse des pays nouveaux, du vrai Canada, du Canada qui compte. Ils n'ont à l'esprit et à la bouche que des strophes de la grande épopée de l'Ouest... Tant de boisseaux de blé produits cette année par des terres défrichées la veille! Cent mines déjà prêtes et qui n'attendent que le passage de la voie ferrée pour dégorger leurs métaux!

Itinéraire, p. 24-25.

défendre ses idées. Catholique convaincu, il lutte contre l'abolition de l'enseignement du français dans les écoles du Manitoba (1890) puis de l'Ontario (1912), provinces qui suppriment les écoles catholiques. Ces attaques orchestrées par les protestants contribuent à resserrer les rangs des nationalistes qui peu à peu réduisent leur programme d'indépendance du Canada à la seule défense du Québec.

Selon eux le Québec est encerclé et menacé par les Anglo-protestants: «Il faut survivre» devient un leitmotiv. À l'époque, l'autonomie provinciale et la protection des valeurs traditionnelles forment un tout indissociable: elles passent par la défense du *statu quo* social qui impose le retour à la terre. Les racines nationales se trouvent dans le terroir, non loin de l'influence salutaire du curé et de la paroisse.

Au plus fort de la lutte, le renfort inattendu apporté par le roman de Louis Hémon hissera ce discours au niveau littéraire.

Combat de la littérature

En 1860, l'abbé Casgrain fonde avec Antoine Gérin-Lajoie *Les Soirées canadiennes*, première revue littéraire du Canada français. Leur but est d'attiser la foi nationale des Canadiens français.

À la suite du système d'éducation contrôlé par les prêtres, la presse et la littérature doivent se mettre au service de la cause sociale et patriotique. Déjà dans la précédente génération, l'abbé Casgrain avait défendu l'idée selon laquelle la littérature devait moraliser le peuple. Portant le discours sur le terrain de l'enseignement et de l'écriture, l'abbé Lionel Groulx développe quant à lui les thèses agriculturistes à travers romans et essais. Son activisme influence considérablement le monde littéraire.

Prêtre et historien, Lionel Groulx (1878-1967) défend l'idée d'un nationalisme traditionaliste qui pénétrerait la société par l'enseignement catholique. Il est l'auteur de romans à thèse comme *L'Appel de la race*.

D'abord éclectique, l'École littéraire de Montréal est fondée en 1895 par quelques notables cultivés épris de poésie qui organisent des séances de lecture publique (Émile Nelligan illuminera l'une d'elles avec la *Romance du vin*). Les divergences se creusant sous la poussée des courants contemporains, le groupe se divise en deux factions dont l'une, acquise aux idées traditionalistes, fonde en 1908 une revue appelée *Le Terroir* qui se prononce pour le sol et la charrue. Sous la direction de Damase Potvin, un autre *Terroir* paraîtra à Québec de 1918 à 1938 dans lequel on inventorie les vieux mots. Ces mouvements qui seront à l'origine de l'appellation « roman du terroir » reprennent fidèlement l'idéologie agriculturiste.

Les revues du *Terroir* ont des antécédents : en 1860 et 1863 paraissaient *Les Soirées canadiennes* et *Le Foyer canadien* dans lesquelles on recueille le folklore.

Inspirée par les Lionel Groulx et Camille Roy, la critique littéraire dominante joue un rôle régulateur sur le roman et sanctionne les « hérétiques ». Albert Laberge en fait les frais en 1918 avec *La Scouine*. Dénonçant la laideur et la misère du monde paysan dans ce roman d'un réalisme◆ impitoyable, Laberge est frappé d'excommunication.

La plupart des romanciers préfèrent se maintenir dans les limites imposées par l'Église, comme Antoine Gérin-Lajoie avec *Jean Rivard, le défricheur* (1862), où l'heureuse existence de l'agriculteur est magnifiée. Plus près de *Maria Chapdelaine*, Adjutor Rivard souscrit parfaitement au programme avec *Chez nous*, en 1914. Tous les éléments nécessaires s'y retrouvent, frôlant le folklorisme : l'accueil fait au « quêteux », la visite de monsieur le curé, la veillée du corps, jusqu'à la maison abandonnée par un fils refusant le travail de la terre et attiré en ville par le mirage d'une vie facile...

Soucieux de répondre aux normes traditionalistes, les romans ne constituent souvent qu'un inventaire de la vie quotidienne du parfait habitant, sans souffle littéraire et participant davantage de la convention que d'une expérience vécue de l'intérieur. Exprimant les idéaux d'une nation plutôt que les tourments d'un individu confronté à son destin personnel, le genre s'essouffle à force d'allégories et de manque de profondeur. C'est à ce moment que Louis Hémon intervient.

Produit à partir de son expérience terrienne chez les Bédard, et résultant de ses notes personnelles plutôt que de discours officiels ou causeries de salon, *Maria Chapdelaine* décrit avec une objectivité neuve les périples des colons. Pour faciliter le tout, l'ouvrage répond au genre exigé par les traditionalistes : on y trouve les éléments communs à l'ensemble des romans du terroir, ce qui aidera Louvigny de Montigny à y trouver « un modèle de littérature canadienne ».

Poète, journaliste et critique, Louvigny de Montigny est surtout connu pour avoir fondé l'École littéraire de Montréal en 1895.

Maria Chapdelaine et son temps

Événements politiques		Événements littéraires
	1880	Naissance de Louis Hémon
	1884	Laure Conan, *Angéline de Montbrun*
Louis Riel est condamné à mort	**1885**	
Honoré Mercier (1887-1891) premier ministre du Québec	**1887**	Louis Fréchette, *La Légende d'un peuple*
Création du ministère de l'Agriculture et de la Colonisation	**1888**	
	1895	Fondation de l'École littéraire de Montréal
Wilfrid Laurier (1896-1911) premier ministre du Canada	**1896**	
	1899	Lecture publique de *La Romance du vin* par Émile Nelligan
	1904	Rodolphe Girard, *Marie Calumet*
	1913	Mort de Louis Hémon
Début de la Première Guerre mondiale	**1914**	***Maria Chapdelaine*, publié en feuilleton**

C'est donc assez étrangement que ce roman, plutôt conçu comme un reportage ethnographique à l'usage des Français, rejoint l'idéal littéraire des Canadiens français. Et donne un nouvel élan à la littérature canadienne.

Le roman sera par la suite amplement plagié et plusieurs auteurs de grande envergure s'y référeront. Félix-Antoine Savard, qui a avoué sa dette envers l'auteur de *Maria Chapdelaine*, en prolonge les voix avec *Menaud, maître-draveur*.

Mémo

- Au début du siècle, les conditions sont réunies pour créer une forte croissance économique au Canada : progression démographique, extension géographique vers l'Ouest ouvrant sur la Prairie, solidité politique. Ces facteurs permettent de tirer parti des formidables richesses naturelles du pays. On parle de « siècle du Canada ».
- Au Québec, de nombreux Canadiens français quittent leur terre pour s'installer en ville où le développement économique bat son plein.
- Le clergé s'inquiète de voir son influence sur le prolétariat diminuer, voire disparaître. Redoutant une perte d'identité culturelle, l'élite dirigeante se lance dans une propagande louant les mérites du retour à la terre et rejetant l'urbanisation.
- En littérature, plusieurs groupes se rangent aux propos traditionalistes et élaborent les romans du terroir. Étranger à cette politique mais attentif aux réalités, Louis Hémon produit le chef-d'œuvre du genre.

***La Belle que voilà...* (1923) nouvelles**

La plupart des récits londoniens décrivent le petit peuple de l'*East End*, quartier d'émigrés plutôt déshérités en lutte contre la misère et l'asservissement.

Des Irlandais aux Juifs, et jusqu'aux rares Polynésiens perdus sous le soleil noir de la « City », tous ont à faire face aux contraintes sociales. La jeune fille dans *Lizzie Blakeston* possède un don réel pour la danse qu'elle tente de développer pour fuir l'usine. Malgré une soirée triomphale au théâtre, elle demeure esclave d'un travail quotidien harassant. Renonçant à tout espoir, elle préfère alors la certitude de la mort à l'absurdité de sa vie.

Esprit indépendant, Louis Hémon étudie les effets des mécanismes sociaux sur les libertés individuelles. *La Destinée de Miss Winthrop-Smith* montre une jeune secrétaire à la croisée des chemins : doit-elle épouser le pépiniériste et quitter son emploi ? Après une journée d'hésitations, elle repousse le jeune homme par orgueil puis regrette, « songeant à toutes ces choses inestimables qu'on refuse un jour, et qui ne reviennent jamais plus ».

Ses nouvelles seront publiées en recueil après sa mort, sous deux titres différents : *La Belle que voilà...* ou *Nouvelles londoniennes. De Marble Arch à Whitechapel.*

Peut-être à cause de leur commune origine celtique, Louis Hémon semble attaché au peuple irlandais auquel il emprunte plusieurs personnages. Sa maîtresse Lydia O'Kelly était également d'origine irlandaise.

Romancier du dilemme, Louis Hémon s'interroge sur la confusion des sentiments. Dans l'émouvant *Dernier soir*, un trio d'amis formé de deux hommes et une femme doivent se séparer : elle, promise à un triste avenir de serveuse chez un cabaretier vicieux, le deuxième s'engageant dans l'armée par dépit, le troisième pleurant la période qui s'achève. Aucun n'ayant réussi à formuler ouvertement ses sentiments, ils se réfugient dans l'ivresse « qui n'est pas loin de la mort parce qu'elle effacerait tout et durerait longtemps ».

Le titre *Colin-Maillard* évoque un jeu de cache-cache entre Mike O'Brady et la société anglaise, entre son esprit et sa force, entre la révolte et le maintien de l'ordre... dont le héros sort perdant.

***Colin-Maillard* (1924)** **roman**

Ce premier roman raconte les déboires d'un Irlandais à Londres. Prêt à saisir la moindre opportunité, Mike O'Brady est tout entier dans son esprit d'indépendance et sa force physique « qu'un homme digne de ce nom doit tenir pour plus précieuse même que le pain ». Révolté par la misère et l'inégalité, il

Louis Hémon et son œuvre

1880		Naissance
1902	*La Rivière*, première nouvelle publiée	22 ans
1904	Premier article publié dans *Le Vélo*	24 ans
1906	Remporte deux concours avec *La Foire aux vérités* et *La Conquête*, nouvelles	26 ans
1908	Publication de *Lizzie Blakeston*, nouvelle Écrit *Colin-Maillard*, roman refusé	28 ans
1909	Écrit *Battling Malone, pugiliste*, roman refusé	29 ans
1910	Écrit *Monsieur Ripois et la Némésis*, roman refusé	30 ans
1911	Écrit *Itinéraire*, récit de voya	31 ans

part en croisade contre les forces invisibles qui oppriment les travailleurs. Déçu par l'inefficacité de la révolution, il trouve refuge dans la religion pour les beaux yeux d'une aristocrate pratiquant la charité. Croyant à l'universalité des cœurs et des conditions, il se voit à nouveau trompé et, furieux, donne libre cours à son sens de la justice en étranglant un cabaretier salace qui abuse de ses serveuses.

Battling Malone, pugiliste
(1925) roman

Découvert par un club de gentlemen voués à la relève du « noble art », Battling Malone est issu de la rue et boxe davantage avec son instinct qu'avec la technique des professionnels. Propulsé dans la grande société londonienne dont il devient la coqueluche, il est séduit par une aristocrate qui le prend sous son aile, tandis qu'on l'entraîne pour le grand combat qui doit relever l'honneur de l'Angleterre. Mal préparé et trop peu expérimenté, Battling Malone subit sa

Battling Malone, pugiliste fut loué pour avoir été l'un des premiers romans sportifs.

Colin-Maillard et *Battling Malone, pugiliste* sont refusés par Grasset qui trouve trop risquée la publication de premiers romans.

1912	1913	1914	1916	1923	1924	1925	1950
Écrit *Maria Chapdelaine*, roman		Publication de *Maria Chapdelaine* en feuilleton	Publication de *Maria Chapdelaine* en volume	Publication de *La Belle que voilà…*, recueil de nouvelles	Publication de *Colin-Maillard* et *Itinéraire*	Publication de *Battling Malone, pugiliste*	Publication de *Monsieur Ripois et la Némésis*
32 ans	Mort						

première défaite et tente de consoler sa détresse chez sa protectrice. Lorsqu'elle l'éconduit, il tente de l'étrangler et se fait tuer d'une balle de revolver. Comme le héros de *Colin-Maillard*, Battling Malone joue une partie dont il ne connaît pas les règles, et perd tragiquement.

Némésis. Déesse grecque personnifiant la vengeance des dieux contre la démesure. Dans le récit de Louis Hémon, Amédée Ripois se verra châtier en aimant une femme morte.

***Monsieur Ripois et la Némésis* (1950) roman**

Français exilé à Londres, travaillant comme secrétaire-traducteur, Amédée Ripois partage bien des points avec son créateur. Toutefois le personnage est détestable : séducteur sans scrupules, voué entièrement à la conquête des femmes, tout lui est bon pour parvenir à ses fins. En réalité, il craint par-dessus tout la perte de son indépendance. Quittant une maîtresse qui devient trop accaparante à son goût, il séduit une jeune fleuriste sans travail qu'il pousse à la prostitution, une serveuse à qui il promet le mariage pour mieux l'attirer, vit avec une prostituée qui l'entretient, puis rencontre Ella. Jeune femme amoureuse, libre et sans calcul, elle réussit à attendrir Ripois jusqu'au moment où elle devient enceinte. Fuyant alors les responsabilités, celui-ci se tourne vers une jeune femme riche. Ella se donne la mort, mettant fin à l'éternelle partie de colin-maillard des personnages de Hémon. En effet, Ripois comprend à cet instant qu'Ella « avait ouvert dans sa vie à lui, un chapitre à part, peut-être unique », mais découvrant trop tard ses sentiments pour la jeune fille, se laisse envahir par le désespoir avant de retourner dépité en France.

L'œuvre en 9 citations

« Ils étaient plusieurs au village pour qui ces Chapdelaine étaient presque des étrangers. » (p. 23)

« Faire de la terre ! C'est la forte expression du pays, qui exprime tout ce qui gît de travail terrible entre la pauvreté du bois sauvage et la fertilité finale des champs labourés et semés. » (p. 42)

« Elle sentait que depuis le commencement du monde il n'y avait jamais eu de printemps comme ce printemps-là. » (p. 44)

« C'était l'éternel malentendu des deux races : les pionniers et les sédentaires, les paysans venus de France qui avaient continué sur le sol nouveau leur idéal d'ordre et de paix immobile, et ces autres paysans, en qui le vaste pays sauvage avait réveillé un atavisme◆ lointain de vagabondage et d'aventure. » (p. 48-49)

« Il sentait qu'elle était de ces femmes qui, lorsqu'elles se donnent, donnent tout sans compter : l'amour de leur corps et de leur cœur, la force de leurs bras dans la besogne de chaque jour, la dévotion complète d'un esprit sans détours. Et le tout lui paraissait si précieux qu'il avait peur de le demander. » (p. 80)

« Partout l'automne est mélancolique, chargé du regret de ce qui s'en va et de la menace de ce qui s'en vient ; mais sur le sol canadien, il est plus mélancolique et plus émouvant qu'ailleurs, et pareil à la mort d'un être humain que les dieux rappellent trop tôt, sans lui donner sa juste part de vie. » (p. 92)

« Maria n'avait pas songé un moment que sa vie fût finie, ou que le monde dût être pour elle un douloureux désert, parce que François ne pourrait pas revenir au printemps ni plus tard. » (p. 125)

« Tout ce qu'il y a de merveilleux, d'enivrant, dans le spectacle et le contact des multitudes ; toute la richesse fourmillante de sensations et d'idées qui est l'apanage pour lequel le citadin a troqué l'orgueil âpre de la terre, Maria pressentait tout cela confusément comme une vie nouvelle dans un monde nouveau, une glorieuse métempsycose dont elle avait la nostalgie d'avance. Mais surtout elle avait un grand désir de s'en aller. » (p. 146)

Métempsycose. Croyance selon laquelle une même âme peut se déplacer successivement d'un corps à un autre.

« De nous-mêmes et de nos destinées, nous n'avons compris clairement que ce devoir-là : persister... nous maintenir... Et nous nous sommes maintenus, peut-être afin que dans plusieurs siècles encore le monde se tourne vers nous et dise : Ces gens sont d'une race qui ne sait pas mourir... Nous sommes un témoignage. » (p. 194)

Chez les Bédard

«M. Hémon m'a déclaré qu'il venait étudier pour faire un livre sur les gens de par ici. Je vous assure que c'était un bon garçon dépareillé. Il écrivait quasiment sans s'arrêter», rapporte Samuel Bédard, fermier de Péribonka.

À l'été 1912, Louis Hémon loge chez la famille Bédard. Employé comme garçon de ferme, il est au plus proche de cette vie «des humbles» qu'il cherche à décrire, et participe aux rites comme aux tâches quotidiennes. En dehors de Samuel, les personnes qui l'entourent sont Laura, sa femme, Roland et Thomas-Louis, les enfants adoptifs, et Ernest Murray, l'«homme engagé» assisté de ses fils. Tous ont inspiré les personnages de *Maria Chapdelaine*. Si le père et la mère, Samuel et Laura, prêtent directement leurs prénoms aux personnages du récit, on a souvent mentionné Éva Bouchard, sœur de Laura, comme modèle supposé pour Maria.

Louis Hémon prenait de nombreuses notes à Péribonka, «sur un carnet long comme le doigt» se souvient Laura Bédard. On le voit souvent à la sortie de la messe, installé près de la porte pour mieux dévisager les passants et tendre l'oreille aux expressions du pays, griffonnant sans cesse les précieux renseignements sur son carnet. À cause de ces étranges manies, la population locale lui confère le titre de « fou à Bédard ». C'est à l'hôtel de Saint-Gédéon, où il séjourne au début de l'hiver 1912, qu'il rédige *Maria Chapdelaine*. Et c'est à Montréal qu'il le dactylographie, utilisant la machine à écrire de ses employeurs. Il est alors l'un des premiers écrivains français à se servir de l'instrument, ayant suivi des cours de sténographie et de dactylographie à Londres en 1903. Il produit deux exemplaires, l'un qu'il envoie accompagné du manuscrit à sa famille, l'autre destiné au journal *Le Temps*, qui avait publié sa nouvelle *Lizzie Blakeston*. Lorsque, le 8 juillet 1913, Louis Hémon est renversé par la locomotive du *Canadian Pacific Railway*, on identifie son corps grâce au reçu de poste du manuscrit de *Maria Chapdelaine* qu'il porte sur lui, et qui mentionne l'adresse de sa famille à Paris.

Louis Hémon avait déjà publié une nouvelle au *Temps* (*Lizzie Blakeston*, 1908), en recommandant la lecture à sa mère ainsi : « Lisez plutôt des journaux sérieux comme *Le Temps*, quotidien politique, "littéraire" ? qui ne publie que des nouvelles sûres et les meilleurs auteurs (Réclame gratuite). »

Fortune du roman

Au journal français *Le Temps*, où l'on vient de recevoir la copie de *Maria Chapdelaine*, le lecteur chargé des parutions littéraires le juge en ces termes : « Charmant récit, écrit d'une langue alerte et facile. De l'intérêt, de la grâce. L'auteur décrit avec sympathie la rude existence des paysans canadiens, leur lutte incessante avec les éléments, le

L'édition du *Temps* révèle plusieurs incompréhensions de la réalité canadienne-française ; par exemple, on change *avant-midi* par *après-midi* puisqu'on *dîne* ensuite...

froid terrible, la terre hostile, la solitude effrayante des grands bois, les simples événements de leurs vies primitives, joies et douleurs, mariages et deuils. » À la suite de cette appréciation favorable, *Maria Chapdelaine* est publié en feuilleton du 27 janvier au 19 février 1914.

La parution suscite tout d'abord peu de réactions, mais de part et d'autre de l'Atlantique elle est remarquée par deux personnes du métier qui joueront un rôle important et créeront sa fortune. Louvigny de Montigny, journaliste et critique, membre fondateur de l'École littéraire de Montréal, y voit un « modèle de littérature canadienne » et convainc Joseph-Alphonse Lefebvre de le faire éditer en volume dès 1916. Le roman paraît à Montréal accompagné de deux préfaces, l'une, canadienne, rédigée par Louvigny de Montigny, l'autre, française, écrite par Émile Boutroux, un philosophe.

En France, les Éditions Bernard Grasset lancent une collection littéraire, « Les cahiers verts », qu'elles inaugurent avec *Maria Chapdelaine. Récit du Canada français* en 1921, lui donnant ses lettres de noblesse et jetant les premières bases de son succès. Le mythe s'ébauche.

Du succès au mythe

Grasset fait autour du roman un battage extraordinaire, convoquant toutes les personnalités disponibles à venir s'exprimer sur l'ouvrage, ou bien suscitant des entreprises franco-canadiennes comme la formation d'un Comité Louis-Hémon ou l'inauguration d'une plaque sur la maison natale de l'auteur.

La campagne porte ses fruits et les articles se succèdent sur *Maria Chapdelaine*. Mais, victime des tendances de l'époque, le récit disparaît bientôt sous les différents discours qui le commentent, au point de servir une idéologie étrangère à son propos initial. Ainsi, Léon Daudet à travers les colonnes de l'*Action française* et Henri Massis dans *La Croix* voient dans ce « chef-d'œuvre catholique » l'expression des idées de la droite contemporaine. Pour de multiples journaux populaires qui marchent dans leurs traces, *Maria Chapdelaine* devient alors le symbole de la Famille, de la Patrie, de la Religion. Le Canada du récit se transforme en une France idéale, épargnée par les dernières guerres et purifiée par son attachement aux valeurs traditionnelles et paysannes, que glorifie Louis Hémon, devenu l'auteur bien-pensant du moment sous la plume dithyrambique des chroniqueurs de l'époque. Cette interprétation quasi unanime peut se comprendre dans le contexte historique : la France se remet à peine des horreurs de la Première Guerre mondiale et semble trouver son réconfort dans les valeurs simples et bien terriennes de *Maria Chapdelaine*, dans l'exotisme léger de ce « roman si frais, si pur, où les âmes sont comme le décor d'une blancheur de neige », ainsi que le commentera un critique.

L'*Action française* (à ne pas confondre avec le journal de Lionel Groulx) fut fondé lors de l'affaire Dreyfus par Charles Maurras. D'un nationalisme virulent, défendant des idées extrémistes, le quotidien fut célèbre pour les articles de Léon Daudet (1868-1942), fils de l'écrivain Alphonse Daudet, qui ne mâchait pas ses mots. Henri Massis (1886-1970), autre écrivain politique, militait également dans les colonnes du journal. *La Croix*, défenseur de la tradition catholique, fut d'abord assez proche de l'*Action française* avant d'adopter une ligne plus ouverte au début des années 30.

D'abord surpris par l'orientation donnée à l'ouvrage, Bernard Grasset exploite cet engouement nouveau qui débouche sur l'un des plus formidables succès d'édition de l'époque. Dans les milieux autorisés, où la sobriété n'est pas de mise, le ton monte et l'on crie bientôt de toutes parts au chef-d'œuvre, allant jusqu'à comparer Louis Hémon à Racine, à Virgile, ou encore à Chateaubriand, Maupassant, Loti, London...

Au Québec

Suspicion

Au Québec, c'est une autre histoire. Les sentiments sont nettement partagés, dans la mesure où la réalité décrite par l'écrivain français n'a rien d'un fantasme. D'une part exaltée, comme la preuve du « miracle canadien », l'œuvre est d'autre part rejetée par refus de s'identifier avec les personnages et leur destin.

L'attitude de Louvigny de Montigny, à l'origine de la première publication en volume, apparaît elle-même contradictoire. Voyant à travers ce « modèle de littérature canadienne » le moyen d'enrichir la culture de ses compatriotes, il apporte en particulier quelques modifications au texte d'origine, concernant la langue et certaines spécificités du pays. Ainsi fait-il parler au prêtre un français plus orthodoxe, en remplaçant les « toué » par les « toi », éliminant les

« ouais », transformant les « ciboire » en « vingt-gueux » et ne faisant rentrer les vaches à l'étable qu'à la fin d'octobre (« Le climat de *Maria Chapdelaine* est déjà trop peu attirant pour qu'on le refroidisse davantage »).

Bien entendu la publication ne suscite pas le même émoi qu'en France. Cependant le roman est repris en feuilleton dans *Le Nationaliste* en 1917 et rencontre en 1918 ses premiers partisans. L'abbé Lionel Groulx s'y intéresse, saisissant l'occasion pour démontrer la possibilité d'une littérature propre au Canada français, et le citant abondamment dans son journal l'*Action française*. De son côté, Damase Potvin entreprendra un pèlerinage à Péribonka, afin de commencer à recueillir des témoignages sur l'auteur et, en tant que fondateur de la Société des Arts, Sciences et Lettres, y érige un monument dédié à la mémoire de Louis Hémon dès 1918.

Mais l'accueil des gens de la région ne facilite guère les hommages. En réalité, les habitants du Lac-Saint-Jean refusent l'image que l'écrivain leur renvoie. Les incidents se multiplient. À différentes reprises, le monument est jeté à la rivière ou couvert d'ordures. Une librairie de Chicoutimi refuse même de vendre le roman à cause de l'image défavorable qu'il montre du pays et plusieurs autorités religieuses, arguant de son amoralité, parlent de mettre le récit à l'*Index*. Éva Bouchard, considérée à tort comme la petite amie de l'auteur français, se retire au couvent. Elle en

Moyen de censure, l'*Index* désigne le Catalogue des livres interdits par l'Église catholique romaine. Il n'est plus réédité depuis 1966.

sortira pour devenir la gardienne du Musée Louis-Hémon.

Succès

La réception du livre par les Français atténuera toutefois cette réaction, aidée en cela par l'adaptation cinématographique réalisée par Julien Duvivier en 1934, et qui vient confirmer un succès populaire croissant. Pour sa part, Louvigny de Montigny contre-attaquera avec sa *Revanche de Maria Chapdelaine* en 1937. Sensible à l'intérêt provenant de France, la critique locale s'aligne alors sur les éloges parisiens et attire l'attention du grand public.

Trois versions cinématographiques ont été tirées de *Maria Chapdelaine*: en 1934, par Julien Duvivier, en 1950 par Marc Allégret et en 1983, par Gilles Carle.

Le succès vient finalement avec la reprise de *Maria Chapdelaine* en feuilleton dans le journal *La Presse* en 1922. Dès lors, on imagine des suites, on l'adapte au théâtre, à la radio... Comme en France, le livre devient l'otage des idéologies régnantes à tendance catholique, dont le discours prône le retour à la terre, et loue les vertus paysannes tout en combattant la modernisation. *Maria Chapdelaine* est en effet l'objet d'un tel enjeu éthique que l'éditeur Grasset reculera devant la publication de *Monsieur Ripois et la Némésis*, dont le héros jugé beaucoup trop immoral pourrait nuire à l'image de l'auteur (le roman ne paraîtra qu'en 1950).

Le succès de *Maria Chapdelaine* est énorme: pour les seules éditions parues en français, on parle de un million et demi d'exemplaires vendus. Il est traduit en une vingtaine de langues.

La correspondance de l'auteur laisse entrevoir une parenté littéraire à *Maria Chapdelaine*: *Les Filles de la pluie*, d'André Savignon. Prix Goncourt 1912, ce roman au cadre breton fait apparaître l'idée d'une race qui ne sait pas mourir.

Il faudra attendre la libération culturelle des années 60 pour débarrasser *Maria Chapdelaine* du voile religieux qui le recouvrait, et le Québec de cette indécrottable imagerie du terroir. Au début de la décennie, André Laurendeau écrit dans *Le Devoir* : « Nous étions sentimentalement à *Maria Chapdelaine*, quand déjà, pour une large partie, notre peuple vivait *Bonheur d'occasion.* » Il faudra encore patienter jusqu'au début des années 80 pour assister à la parution d'une édition de *Maria Chapdelaine* exempte des modifications de Louvigny de Montigny et du *Temps*, établie d'après le manuscrit original.

Mémo

- Louis Hémon tire parti de son expérience de garçon de ferme chez les Bédard en prenant des notes sur les coutumes des habitants de Péribonka. Il s'inspire directement de son entourage pour créer les personnages de *Maria Chapdelaine.*
- En France, le roman de Louis Hémon est récupéré par la droite catholique, devenant le symbole de la Famille, de la Patrie, de la Religion. Le pays qui se relève péniblement de la guerre se projette dans l'image d'un Canada pur, idéal.
- Au Québec, *Maria Chapdelaine* est utilisé par les traditionalistes catholiques comme Lionel Groulx pour servir leurs idées. Le retour à la terre, le culte des vertus paysannes, thèmes récurrents du roman, forment l'essentiel de leur programme.

Piste

- Louis Hémon se situe comme écrivain voyageur en composant un roman à valeur ethnographique, rejoignant une tradition française réaliste représentée par Pierre Loti, ou s'inscrivant dans la lignée anglaise plus exotique que Rudyard Kipling, qu'il admirait, peut symboliser.

Mémo

Moments tournants de l'intrigue

- Première rencontre de Maria Chapdelaine et de François Paradis (chap. I)
- Mise en présence des trois prétendants de Maria et échange de serments entre la jeune fille et François Paradis (chap. V)
- Annonce de la mort de François Paradis (chap. XI)
- Demande en mariage de Lorenzo Surprenant et mise en perspective du désir de Maria de suivre le jeune homme aux États-Unis afin de fuir un pays désormais jugé cruel (chap. XII)
- Mort de la mère Chapdelaine (chap. XIII)
- Révélation de Maria concernant le choix de vie à faire (chap. XIV)

Piste

- La mort de la mère Chapdelaine agit comme un *deus ex machina*◆ qui permet à Maria de prendre enfin une décision concernant l'époux qu'elle acceptera de suivre et la vie qu'elle entend mener du même coup.

Chapitre	Temps	Lieu	Intrigue
I	Un dimanche de la fin avril, après la messe.	À Péribonka sur la place de l'église, puis chez une parente, Azalma Larouche. Le long de la rivière Péribonka et dans le bois, jusqu'à la maison Chapdelaine.	À la sortie de la messe du dimanche haute en couleur et en figures locales, Samuel Chapdelaine, accompagné de sa fille Maria, rencontre François Paradis, un jeune coureur des bois dont il prend des nouvelles après sa longue absence. Les deux jeunes gens en présence sont fortement troublés par ces retrouvailles et ne trouvent rien à se dire sur le moment, mais François Paradis promet de passer rendre visite aux Chapdelaine prochainement. Le père et la fille se rendent alors chez leur parente Azalma Larouche pour dîner avant d'entamer le voyage de retour, la traversée de la rivière Péribonka et des bois jusque chez eux.
II	Le dimanche soir au moment du souper et durant la veillée.	Chez les Chapdelaine.	Maria fait le récit de son séjour à Saint-Prime avant le repas du soir et retrouve les siens, les habitudes de la famille, sa maison, avec émotion et plaisir. Après le souper, le voisin Eutrope Gagnon fait son apparition pour la veillée ; il est venu prendre des nouvelles et revoir Maria qu'il aime en silence. La veillée s'organise comme à l'habitude et l'on évoque le printemps qui vient, l'état des travaux, avant d'entamer la partie de cartes. C'est alors que la jeune fille prend conscience qu'elle n'espère rien de plus que l'arrivée du printemps, annonciateur de la venue de François Paradis et porteur de grands changements.
III	Trois jours, puis dix jours plus tard, au mois de mai.	La maison Chapdelaine.	La venue du printemps précède de peu la visite de François Paradis aux Chapdelaine. Le jeune homme se présente un soir, alors que les femmes sont restées seules à la maison avec Tit'Bé et les enfants. C'est donc au tour de la mère Chapdelaine de prendre des nouvelles du garçon. Elle s'enquiert de sa vie, de ses choix, de ses goûts qu'elle compare à ceux de son mari, non sans une discrète amertume. Mais pour Maria, la certitude de partager les goûts de sa mère est ébranlée ce soir-là et son amour pour François lui apparaît plus clairement.

IV	De juin à la venue de l'été; une journée de défrichage et trois semaines de travail pour venir à bout du terrain.	Le terrain et la maison des Chapdelaine.	Esdras et Da'bé, les frères de Maria, sont de retour des chantiers après l'hiver. Samuel Chapdelaine décide donc de reprendre l'ouvrage. Aidé de ses trois fils et d'Edwige Légaré, son homme engagé, il recommence à faire de la terre. Les cinq hommes défrichent sans compter leurs forces, encouragés par la mère Chapdelaine qui nourrit son monde et pourvoit aux tâches de la maison aidée de Maria.
V	Les premiers jours de juillet; un samedi soir et le lendemain, dimanche, jour de la fête de Sainte-Anne (26 juillet).	La maison Chapdelaine; les brûlés et les bois.	Précédant le jour de la cueillette des bleuets, une veillée mémorable s'organise chez les Chapdelaine, qui voit la présence d'Eutrope Gagnon, du voisin Éphrem Surprenant accompagné de son neveu Lorenzo et plus tard de François Paradis. Les trois prétendants se retrouvent ainsi en présence de la jeune fille au même moment, chacun troublé et exprimant son sentiment à sa manière sans jamais rien en dire, tandis que, de son côté, Maria n'a de pensées que pour François. Elle se réjouit de le savoir dormir chez eux le soir même et le lendemain, profite de la cueillette des bleuets pour se retrouver en sa compagnie. Ils échangent alors un serment: pour François, celui de revenir la trouver et pour Maria d'attendre son retour afin de s'engager.
VI	Le temps des foins, de juillet à août; une nuit du mois d'août.	Les champs; le four à pain, à 20 pas de la maison.	Tandis que les cinq hommes sont occupés à faucher le foin et à l'engranger, les femmes font leur ouvrage à la maison et cuisent le pain. Pour Maria, qui veille souvent la deuxième fournée tard dans la nuit, cette tâche est devenue depuis peu le moment privilégié de la rêverie, l'occasion de méditer sur les choses de l'amour et du mariage tout en songeant au retour de François.
VII	Le mois de septembre et l'automne en général.	La nature.	La nature se transforme à la venue de l'automne, il est temps alors de récolter l'avoine et le blé.
VIII	D'octobre à novembre, les premières neiges et l'enchaînement des jours de pluie et de gel.	La maison Chapdelaine et ses abords.	Peu avant les grands froids et la neige définitive, les membres de la famille Chapdelaine se préoccupent de consolider la maison, de ramasser la provision de bois pour l'hiver qui, déjà, a transformé la nature. Au départ des frères de Maria et d'Edwige Légaré pour les chantiers, Samuel et Tit'Bé achèvent d'empiler le bois, remplissent la réserve de viande et la famille peut alors s'abandonner à la mollesse de l'hivernement.

Chapitre	Temps	Lieu	Intrigue
IX	Décembre, à trois jours du temps des fêtes ; la veille de Noël.	Chez les Chapdelaine.	À l'approche des fêtes, les Chapdelaine voudraient se rendre à la messe de minuit, Maria surtout qui a plusieurs faveurs à demander. Mais une tempête de neige bloque les chemins et il faut se résigner à demeurer chez soi. La jeune fille songe alors à s'attirer la bienveillance divine en récitant mille *Ave* à la veille de Noël. Tout en vaquant aux tâches domestiques, elle s'absorbe dans sa prière et le soir, tandis que ses parents évoquent le temps passé et entonnent des cantiques en guise de veillée religieuse, Maria achève sa supplique en demandant à la Vierge de veiller sur François Paradis et en souhaitant de toutes ses forces qu'il revienne au printemps.
X	Le soir du jour de l'An, à la veillée.	La maison Chapdelaine.	Pour pallier la mélancolie que suscite l'absence de visite en ce jour de fête, la mère Chapdelaine décide de faire de la tire. C'est alors que surgit Eutrope Gagnon, porteur d'une mauvaise nouvelle. Il lui revient en effet d'annoncer la mort de François Paradis, survenue alors qu'il tentait de rejoindre la maison Chapdelaine pour Noël. Pour Maria, l'annonce de cette disparition est terriblement douloureuse en dépit des attentions discrètes des uns et des autres à son égard et son chagrin est étourdissant. Elle imagine dans le détail la fin de son bien-aimé, parti seul en raquettes et meurtri par le « noroûa » ; elle s'adresse à la Vierge avec des cris de reproche, puis finalement de supplication afin de sauver l'âme du jeune homme.
XI	Un soir de février ; la journée du dimanche suivant.	Sur la route de Saint-Henri-de-Taillon ; l'église, la salle à manger du presbytère et le bureau du prêtre ; la maison Chapdelaine.	Pour rompre la tristesse de Maria, Samuel Chapdelaine propose à sa fille de l'emmener à la messe. Il a demandé au curé de s'entretenir avec la jeune fille au sujet de son chagrin et de tenter de lui mettre d'autres idées en tête. Bien entendu, Maria ignore tout de la requête de son père. Après la messe, les deux Chapdelaine sont conviés à dîner en compagnie du curé qui saisit un moment pour parler à Maria et la persuader de ne plus se tourmenter. Invoquant l'absence d'engagement formel entre François et elle, il lui rappelle son devoir de se marier et de fonder une famille chrétienne. Pour la jeune fille, le message est entendu mais elle ne peut s'empêcher, de retour chez elle, de changer le regret qui lui est interdit désormais en un sentiment de haine vis-à-vis de la nature environnante qui a provoqué la mort de son bien-aimé.

XII	Un samedi et dimanche du début du mois de mars.	À Honfleur, chez Éphrem Surprenant.	Samuel et Laura Chapdelaine se rendent avec Maria chez Éphrem Surprenant qui les a priés de venir pour une grande veillée. Il y a là son neveu Lorenzo, venu des États-Unis. Aussitôt le jeune homme s'assoit près de Maria. Trois Français qui viennent d'acquérir sa terre ont été également invités et leur présence accapare l'attention générale. S'engage alors une discussion sur la cause immigrante à laquelle chacun apporte son point de vue. Lorenzo saisit l'occasion pour décrier la dureté de la vie sur ce coin de terre, se heurtant à la mère Chapdelaine avec violence, mais afin de mieux faire valoir son choix d'une vie plaisante dans les grandes cités. Ayant cherché à séduire Maria, il lui annonce sa visite pour le lendemain et poursuit l'énumération des merveilles qu'il souhaite lui faire partager si elle accepte de le suivre. La jeune fille garde le silence bien qu'étant très tentée de quitter son pays. Elle ne peut encore rien promettre.
XIII	Le dimanche suivant la veillée chez les Surprenant; les jours tristes du mois de mars.	Sur le perron de la maison Chapdelaine.	Averti de la visite de Lorenzo Surprenant, Eutrope Gagnon vient faire sa demande à Maria quelque temps plus tard. Celle-ci ne peut s'empêcher de comparer ce que lui offre le jeune homme aux belles promesses du neveu Surprenant. Également embarrassée, elle reste silencieuse avant de déclarer n'avoir rien promis à personne et devoir attendre. Elle souhaite réfléchir avant de faire son choix et se sent désarmée en l'absence de ce beau sentiment qui l'avait guidée une première fois. En réalité, elle ne peut encore se résoudre à dire qu'elle veut épouser Eutrope Gagnon.
XIV	Un soir d'avril et les jours suivants de cette même semaine.	La maison Chapdelaine.	Un soir, la mère Chapdelaine se plaint d'avoir mal au dos. Elle se couche dans l'espoir de se rétablir rapidement mais doit garder le lit les jours suivants. Le mal empire au point de lui faire dire qu'elle va mourir. Le père Chapdelaine décide de consulter le curé. Sur ces entrefaites, Eutrope Gagnon se présente avec un remède autrefois destiné à son frère. Après quelques hésitations, on administre les pilules à la malade, sans grands résultats. Samuel Chapdelaine part donc chercher le médecin qui, accompagné du curé, sera impuissant à déceler le mal autant qu'à le guérir et laissera les Chapdelaine dans une profonde détresse. C'est alors qu'Eutrope, revenu aux nouvelles, suggère d'aller chercher lui-même le «remmancheur» Tit'Sèbe. Ce dernier annonce que la mère Chapdelaine est sur le point de mourir et qu'il

Chapitre	Temps	Lieu	Intrigue
			est temps de faire venir le Saint-Sacrement. Le prêtre arrive peu avant que la malade n'expire, laissant les siens en prière et rassurés malgré leur peine de la savoir prendre le chemin du paradis.
XV	La première pluie de printemps.	La maison Chapdelaine.	Éphrem Surprenant rend visite aux Chapdelaine et prie quelques instants auprès de la morte dont il rappelle les qualités. À son départ, Samuel Chapdelaine décide de réciter un chapelet en compagnie de Maria afin de lutter contre le sommeil et poursuit l'éloge de sa femme en racontant mille péripéties du temps de leur jeunesse. Très impressionnée par ce portrait maternel auréolé d'héroïsme, Maria réalise qu'elle serait capable de vivre une telle vie elle-même sans pourtant être sûre de le désirer. Mais son père s'étant endormi, elle poursuit sa méditation et approfondit sa réflexion jusqu'à prendre conscience des richesses qu'elle s'apprête à fuir : la beauté de la nature au retour du printemps, la saveur de sa langue maternelle et finalement l'âme de son pays, tout entière contenue dans l'histoire léguée par les générations précédentes. Dès lors, son choix est fait ; elle restera au pays.
XVI	Mai ; un soir de veillée.	Chez les Chapdelaine.	Le printemps ramène les frères de Maria et les travaux de la terre peuvent reprendre. C'est le moment que choisit Eutrope Gagnon pour interroger Maria sur ses projets. La jeune femme répond alors qu'elle acceptera de l'épouser au printemps prochain.

Maria Chapdelaine est une héroïne singulière. Dès les premières lignes du roman, ce personnage attire en effet les regards et intimide sans que le lecteur parvienne à en savoir davantage. Louis Hémon se contente d'évoquer une « belle grosse fille, et vaillante avec ça » (p. 24). Elle est donc très peu décrite physiquement. De même, son caractère se réduit à deux ou trois qualités : la patience, une simplicité franche, soulignées à plusieurs reprises dans le texte.

En fait, Maria Chapdelaine est une toute jeune fille, « aux gestes rares », muette la plupart du temps, ce qui tendrait à en faire un personnage de second plan si ce n'était la place importante qu'elle tient au sein de sa famille. Maria est la fille aînée et forme avec Samuel Chapdelaine un couple père-fille très présent.

Son mutisme et cet effacement qui la caractérisent en société sont donc de peu d'importance dans le cadre de ce roman familial intimiste, car elle est par ailleurs la présence indispensable qui observe et pose un regard plein de sens sur les êtres et le monde environnant. Enfin cette attitude trouve tout son sens lorsque l'on considère le personnage de

Edwige Légaré est très présent dans le roman. Contrairement aux frères de Maria, il prend régulièrement la parole et l'on peut dire que sa personnalité, tant physique que morale, donne du corps aux scènes de la vie quotidienne. Au même titre que le « remmancheur » Tit'Sèbe, il apporte une note d'authenticité qui vaut pour cette seule raison et s'il ne joue aucun rôle dans l'intrigue amoureuse, il détient en revanche un rôle principal dans une œuvre consacrée au « pays de Québec ».

la jeune fille s'apprêtant à devenir une femme et à choisir un époux. Car elle subit à cette occasion une mutation intérieure qui l'absorbe tout entière. Sur le point de sortir de l'enfance, elle conserve une capacité à dialoguer avec l'invisible et à rêver plus que ne devrait le lui permettre sa vie de labeur, en proie à un idéalisme et à un mysticisme juvéniles. Or, ce n'est qu'au terme d'un parcours initiatique semé d'épreuves (la découverte de l'amour et la mort de l'être aimé suivie de la mort de sa mère) qu'elle deviendra une femme capable de choisir sa voie en toute conscience. Cette voie n'est pas celle de la passion amoureuse, mais de la raison, et lui permet de prendre enfin la parole. En effet, en même temps qu'elle trouve sa voie, Maria Chapdelaine fait entendre sa voix qui est celle qui clôt le roman : « – Oui... Si vous voulez je vous marierai comme vous m'avez demandé » (p. 197).

Samuel Chapdelaine. Dès le premier chapitre, il forme avec sa fille un couple qui fait de lui un personnage relativement complexe. Comme tous les Chapdelaine, le père est d'abord un « presque étranger » au regard de la société locale (p. 23). C'est dire qu'il n'appartient pas à la race des cultivateurs sédentaires mais à celle des défricheurs nomades... et insaisissables. Dans son cas, sa passion du bois est une cause de tourment puisqu'il a conscience d'imposer à sa famille un style de vie qui leur déplaît. Ce sentiment de culpabilité l'éloigne en particulier de son épouse avec laquelle il échange peu de mots en dépit d'un attachement réel. Et il faut y voir la raison de l'affection particulière du père pour sa fille devenue sa confidente. Par ailleurs, Samuel Chapdelaine se sent certaines affinités de caractère avec Maria, éprise d'un coureur des bois à son image et qui sait se montrer pleine de ferveur tout comme lui. Il éprouve donc une affection légitime pour cette aînée dont il sait respecter les silences et la douleur avec attention et tendresse. Enfin, il est très aimé de l'ensemble de ses enfants, ce qu'illustre le chapitre X dans une scène d'intimité unique, les hommes étant peu présents à l'intérieur du foyer et plus généralement occupés aux travaux dans les bois. De fait, Samuel Chapdelaine est le principal homme d'action du roman, qui trouve sa pleine mesure dans la nature ou en société. On évoque souvent sa voix forte et puissante dont il se sert pour entonner des chants religieux alors que Maria se distingue par l'acuité de son regard. Et c'est la deuxième raison d'être de ce couple père-fille, le premier veillant à introduire et à guider la seconde dans le monde, à la manière d'un personnage de conte merveilleux qui s'endormirait à la porte du château chaque fois que l'héroïne s'apprête à pénétrer dans l'univers de sa propre pensée (p. 31 et 189).

Laura Chapdelaine. Elle apparaît comme la figure type de la mère de famille, gardienne du foyer et nourricière. La phrase du roman qui la révèle est une énumération de tâches domestiques dont le principe d'accumulation suggère l'idée d'une activité incessante (p. 35). Elle est en fait la « mère » Chapdelaine, personnage secondaire dans le déroulement de l'intrigue, jusqu'au chapitre IX, lorsque son mari lui adresse la parole pour s'excuser de lui faire mener cette vie. Alors elle devient Laura, celle qu'évoquera Samuel après sa mort. Et il faut attendre ce portrait posthume pour prendre la mesure exacte de ce personnage féminin, et en saisir toute la richesse et l'importance. Remplie de regrets de sa vie passée dans les belles paroisses, elle est prête à soupirer à tout instant sur son sort comme si elle le subissait quand, en réalité, elle l'embrasse à bras-le-corps. Sociable, de belle humeur et généreuse en paroles, elle manifeste en fait sa joie devant le travail accompli et la belle terre à cultiver, résumant ainsi sa fidélité au pays de Québec dont elle est sans conteste la figure symbolique par excellence, y compris à travers sa fille en qui elle se prolonge.

François Paradis. Personnage héroïque par définition, il se distingue par sa force de caractère, ses exploits et entre finalement dans la légende en mourant dans le bois. Il est une réplique du père de Maria avec lequel il partage ce goût irrépressible pour la vie nomade. François a vendu la terre de son père afin de pouvoir vivre sans attaches et commercer avec les Amérindiens. Mais, tandis que

Samuel Chapdelaine est l'homme du verbe, François Paradis partage avec la jeune fille une qualité du regard grâce auquel l'auteur détermine sa personnalité. « Hardi, clair, perçant, tranquille, plein d'assurance » sont les adjectifs qui définissent le regard porté sur la femme désirée ; Maria percevant en retour François comme « un beau jeune homme assurément : beau de corps à cause de sa force visible, et beau de visage à cause de ses traits nets et de ses yeux téméraires... » (p. 47) ! Incarnation du jeune premier d'une œuvre romanesque classique, François Paradis apparaît aussi bien comme le héros d'un roman d'aventures dont l'impétuosité est systématiquement associée à celle des chutes d'eau ; il est enfin le prince charmant d'un conte de fées qui s'endort pour l'éternité sur son linceul de glace.

Eutrope Gagnon. Il est le pendant masculin de la mère Chapdelaine qui lui porte une affection quasi filiale. Unique voisin des Chapdelaine, il est de toutes les veillées à l'occasion desquelles on apprend qu'il travaille seul sa terre, cherchant à la rendre rapidement prospère pour y installer Maria. Il est en effet amoureux de la jeune fille et la profondeur de ses sentiments déjà anciens a tôt fait de le convaincre du sérieux de la relation qui se tisse entre Maria et François Paradis. Il sait toutefois respecter ce choix amoureux, et fait preuve d'une belle compassion lorsqu'il doit annoncer la mort du coureur des bois. Cette

Les noms des personnages sont révélateurs au point de renseigner sur le dénouement de l'intrigue et de déterminer l'élément de fatalité inhérent à l'action. Eutrope Gagnon est en effet celui qui gagne, Lorenzo Surprenant celui qui surprend par l'audace et la nouveauté de ses idées, tandis que François Paradis représente l'inaccessible. Paul Socken ajoute à ce sujet que le nom de Maria Chapdelaine n'est pas sans rappeler phonétiquement celui de Marie-Madeleine, avec laquelle l'héroïne partage une même mission sacrée. Dans les Évangiles, Marie-Madeleine est l'une des femmes qui assistent à la passion du Christ. Elle est souvent identifiée à la femme anonyme (pécheresse dans *Luc*, *VII*) qui parfume les pieds de Jésus son Sauveur et finit par témoigner de sa grandeur.

profonde maturité du personnage, sa grande patience, son courage et sa générosité à l'œuvre lors de l'agonie de la mère Chapdelaine, nous font hésiter sur son âge et son allure physique que l'on tendrait à rapprocher de celle du père Chapdelaine. Il s'agit en réalité d'un tout jeune homme, aussi jeune sans doute que François Paradis et Lorenzo Surprenant.

Lorenzo Surprenant. Il est le troisième et dernier prétendant de Maria à apparaître dans le roman. Introduit par son oncle Éphrem chez les Chapdelaine, il fait figure d'oiseau rare et presque d'étranger avec « sa figure grasse aux traits fins » (p. 70) qui le distinguent des types physiques décrits jusque-là. Il symbolise en fait ce qui existe au-delà de la rivière Péribonka et du bois et dont les habitants qui vivent en vase clos n'ont qu'une idée vague.

Avec Maria, le jeune homme est le plus entreprenant des trois soupirants. Il met toute son énergie à convaincre la jeune femme de le suivre et dans sa fougue, se révèle autoritaire et méprisant pour les gens de la terre et de son pays natal. À travers cette tentative de séduction efficace mais agressive, il laisse une impression déplaisante de lui-même et le lecteur le perçoit comme l'avocat du diable, prêt à toutes les bassesses pour obtenir l'objet de ses désirs. L'idée du tentateur est soutenue par un choix de vocabulaire expressif qui suggère finalement l'idée d'un amour très calculé.

La ligne du temps

À première vue, *Maria Chapdelaine* présente la structure linéaire d'un roman réaliste ayant adopté comme fil conducteur principal la ligne du temps, c'est-à-dire l'enchaînement inéluctable des saisons, le déroulement d'une année, de la fin du mois d'avril au début du mois de mai de l'année suivante.

Chaque chapitre correspond pour ainsi dire à un mois différent et cet ordre implacable confère aux événements un aspect de continuité tout en rendant leur manifestation inévitable, voire fatale. Les événements se déroulent selon un rythme régulier et dans un ordre strictement chronologique, à l'exception du récit *a posteriori* de la mort de François Paradis, au chapitre X (ou analepse◆). En respectant aussi scrupuleusement l'unité de temps, Hémon inscrit ainsi son récit dans le registre classique et donne à son intrigue un caractère dramatique particulier, proche de la tragédie sur laquelle règne l'idée du destin en marche.

Le récit s'organise avec rigueur, comme une pièce classique dont tous les épisodes s'imposent par leur nécessité et qui progresse en une ligne tendue vers le dénouement.

Or, il accorde du même coup beaucoup d'importance au déroulement du temps qui est en passe de devenir le héros de l'histoire. Le temps fait l'objet d'une narration minutieuse et systématique au début de chaque chapitre, riche en notations d'ordre climatique, ce qui permet de communiquer une sensation d'ennui et de vide en accord avec les états d'âme de Maria. Cette pratique aurait pu tout aussi bien immobiliser ou apesantir le récit. Toutefois, Hémon ne cède pas complètement à la systématisation de son procédé et rythme son récit en faisant varier la longueur des chapitres. Évoquant rapidement septembre au chapitre VII, il consacre les chapitres XII et XIII (soit 23 pages) au seul mois de mars. Concernant décembre, il préfère annoncer plus généralement « la venue de l'hiver », qui lui permet de mettre l'accent sur une saison jugée essentielle et dont l'évocation occupe en effet plus de la moitié du roman.

L'importance accordée au temps suggère un premier découpage possible du récit en deux parties de longueur à peu près équivalente : « l'avant hiver » et « l'hiver » proprement dit correspondant aux principes d'exposition et de dénouement, avec une transition s'effectuant aux chapitres VII et VIII.

Fonction structurale du chapitre VII

Le chapitre VII joue un rôle particulier que suggèrent sa brièveté et sa position dans le roman. Formé de trois pages, il opère une césure dans le rythme de la composition et permet de distinguer un premier ensemble de six chapitres, d'un deuxième qui en compte neuf. Si l'on excepte le chapitre XVI, long d'une demi-page et qui fait office d'épilogue, cette césure intervient à peu près au milieu de la composition et à mi-chemin du récit. Le chapitre VII correspond au mois de septembre et à la venue brutale de l'automne; il annonce l'hiver. Plus que jamais, le temps y occupe le devant de la scène d'où ont disparu les personnages du roman qui se rematérialisent en toute fin de chapitre. Quant au chapitre VIII, il en est le prolongement qui décrit l'arrivée de la saison hivernale en tant que telle.

Dans ces deux chapitres, l'auteur s'attache en fait à poser les repères temporel et spatial du récit qui doit suivre. Outre l'hiver, c'est un lieu que décrit Hémon à travers les préparatifs pour l'hivernement, celui de la maison Chapdelaine qui devient «le centre du monde». Comme au théâtre, l'auteur installe son décor et l'espace du huis-clos à venir, puisqu'à l'exception de la visite au curé de Saint-Henri-de-Taillon (chapitre XI) et de la veillée chez Éphrem Surprenant, les personnages ne se déplacent pas. L'idée d'un intérieur comparable à une scène de théâtre était déjà contenue dans le chapitre II: «... ces deux compartiments de la salle unique chacun enclos de trois côtés ressemblaient à un décor de théâtre» (p. 37). À ce point du récit, Hémon posait les jalons (lieux et personnages) de son intrigue, cette tension interne nécessaire qu'il entretient par la suite et qui trouve sa solution dans le dénouement. Les chapitres VII et VIII permettent alors la transition entre les chapitres d'exposition et ceux du dénouement.

Ayant respecté jusque-là l'unité de temps et d'action, l'auteur semble vouloir imposer au chapitre VIII une unité de lieu propre à suggérer la forme classique de la tragédie, qui s'articule effectivement autour de scènes d'exposition, de transition et de dénouement. Et l'on pourrait facilement distinguer dans le roman les cinq actes de cette pièce tragique avec la rencontre des jeunes gens, l'échange de serments, la mort du bien-aimé, la mort de la mère et le choix d'une condition finale.

Mais ce n'est sans doute pas là le seul découpage possible du texte de *Maria Chapdelaine* auquel on peut d'autre part préférer une division en trois parties dominées par des principes fort différents. En effet, les cinq premiers chapitres forment tout aussi bien une première partie dominée par la personnalité du père Chapdelaine et l'éthique de la virilité à travers le discours de François Paradis, l'idée d'aventure que symbolisent la vie de pionnier et l'amour de Maria. Selon Paul Socken, la deuxième partie comprendrait les chapitres VI à X et annoncerait le passage de l'influence des hommes à la place prépondérante de l'univers féminin dans la vie de Maria, figuré par la mort de l'été et celle de François. Les chapitres suivants se dérouleront sous l'emprise de la mère Chapdelaine et de toutes les valeurs féminines qu'elle défend, celles de la religion et de la terre.

Une autre lecture possible

Or, dans ce roman divisé en chapitres généralement d'inégale longueur, quatre chapitres de longueur équivalente (une quinzaine de pages) sont finalement d'une importance capitale pour le déroulement de l'intrigue à proprement parler. Il s'agit des chapitres I, V, XII et XV.

En effet, le premier chapitre évoque la première rencontre de Maria et de François sur la place de l'église et constitue en tant que telle la scène d'exposition qui permet à l'auteur de présenter son sujet ainsi que les trois principaux protagonistes, le père Chapdelaine figurant le troisième acteur du drame. Pour sa part, le chapitre V fait réapparaître François Paradis chez les Chapdelaine au cours d'une veillée capitale. Ce soir-là, les trois soupirants de Maria sont présents, ce qui permet au lecteur d'envisager la problématique amoureuse dans son ensemble et sa complexité. Le chapitre XII, de nouveau consacré à une veillée, sert quant à lui à relancer la problématique du choix et l'intrigue elle-même. Par-delà l'évocation de l'échec des trois Français venus s'établir sur la terre de Lorenzo Surprenant, c'est l'idée de la colonisation qu'on remet en question et celle de l'agriculture. La critique de Lorenzo Surprenant trouve alors une oreille attentive chez Maria qui s'est prise de haine pour la sauvagerie de la nature et l'austérité de son pays qu'elle envisage de quitter. La deuxième problématique qui se met en place au même moment concerne désormais le choix identitaire et non plus amoureux de la jeune fille. Enfin, le chapitre XV est un éloge funèbre de la mère de Maria ; la jeune fille perçoit l'éloge de la femme canadienne-française dans les paroles de son père, ce qui lui permet de prendre enfin une décision. Son choix fait figure de conclusion de la problématique et de l'intrigue.

La plupart des autres chapitres, composés d'une douzaine de pages à peine, permettent enfin de prendre connaissance du décor, du climat ou du mode de vie des habitants : chapitre II, la maison des Chapdelaine ; chapitre III, la vie de coureur des bois ; chapitre IV, les travaux de défrichement ; chapitre VIII, la préparation à l'hivernement, la chute de la première neige ; chapitre XI, les commandements religieux.

Ainsi le roman de *Maria Chapdelaine* révèle-t-il, pour conclure, une architecture complexe en même temps qu'une cohésion parfaite. Louis Hémon réalise en particulier l'équilibre tout à fait remarquable entre les différentes structures repérables de son roman, suggérant un fondu harmonieux des idées qu'elles servent, à savoir l'importance du rythme saisonnier, l'opposition homme-femme avec, en surimpression, celle du mode de vie pionnier-sédentaire et finalement le choix amoureux et identitaire de l'héroïne.

Piste

- La participation active de la nature dans le cheminement psychologique de la jeune paysanne est un élément entièrement nouveau dans le roman canadien-français. Le thème de la nature se mêle étroitement à l'évolution de l'intrigue sentimentale et même, dès l'instant où l'image de la terre prend forme dans la conscience de la jeune fille, la conditionne jusqu'au choix définitif. Chaque saison bouleversant la vie de la terre est ainsi le symbole et le témoin d'un état d'âme.

La nature

Thème majeur qui domine le récit, il se retrouve de façon quasi systématique dans chacun des chapitres, et devient le sujet principal aux chapitres VII et VIII, entièrement consacrés à l'arrivée de l'hiver.

La nature, c'est d'abord **la rivière Péribonka**, « dont la nappe glacée et couverte de neige était toute pareille à une plaine » (p. 19) et plus largement, le pays du Lac-Saint-Jean avec ses petites communes de Honfleur, de Saint-Prime ou de La Pipe. C'est aussi **la forêt**, « si proche qu'elle semblait une menace » (p. 19) et qui fait l'objet d'abondantes descriptions, le plus souvent métaphoriques et poétiques. C'est enfin **la marche des saisons** dont l'auteur rend compte scrupuleusement au début de chaque chapitre.

Péribonka n'est pas seulement un lieu géographique défini mais l'espace idéal où se joue, à travers une conscience à la fois étrangère et fraternelle, « l'aventure d'être » d'un Québec mythique.

Nicole Deschamps

La rivière Péribonka sert d'abord de repère géographique à Louis Hémon pour situer son récit dans la région du Saguenay ; elle marque aussi la limite entre les terres cultivées et le bois sauvage et menaçant, ce qui en fait un élément clé, symbolique du roman,... Samuel Chapdelaine et sa fille Maria devenant des « presque étrangers » parce qu'ils possèdent précisément « une terre de l'autre bord de la rivière » (p. 23). Pour la famille, la rivière Péribonka est une réalité familière déterminante, sujet d'observation et de conversations permanentes : « Dix fois, au cours de la journée, la mère Chapdelaine ou Maria ouvrirent la fenêtre [...] pour écouter le chuchotement de l'eau courante [...] » (p. 45).

L'évocation de la rivière Péribonka est liée à celle de la forêt dont elle marque les limites. Louis Hémon parle plus volontiers du bois, sans doute parce que ce mot suggère l'idée d'intimité et également d'hostilité. Au premier chapitre, « la lisière sombre de la forêt » devient « la poigne du pays sauvage » qui étrangle les quelques champs cultivés (p. 26). De même les Chapdelaine rentrent chez eux et pénètrent dans le bois, les troncs de bouleaux sont « comme les colonnes d'un temple en ruines » et les quelques jeunes arbres vivants se perdent « parmi les innombrables squelettes couchés à terre et recouverts de neige, ou ces autres squelettes encore debout, décharnés et noircis » (p. 31-32). Le bois évoque donc principalement un paysage de désolation et de mort, l'auteur filant la métaphore tout au long du roman afin de mieux introduire le décès de François Paradis et de suggérer comment il dévore quotidiennement l'énergie des hommes « immobiles comme des effigies après leur longue besogne : effigies couleur d'argile, aux yeux creux de fatigue » (p. 60). En réalité, il concentre surtout la haine et la crainte des femmes, d'abord de la mère Chapdelaine et puis de Maria quand elle apprend la mort de son bien-aimé. Songeant à la vie que lui propose Eutrope Gagnon au chapitre XIII, c'est le bois qu'elle accuse : « Le bois... Toujours le bois, impénétrable, hostile, plein de secrets sinistres, fermé autour d'eux comme une poigne cruelle qu'il faudrait desserrer peu à peu, année après année » (p. 151), « le bois et ses acolytes : les mauvais chemins où les chevaux enfoncent jusqu'au poitrail, les tempêtes de neige en plein avril... » (p. 163).

L'hiver est bien la cause de leur misère, de la vie dure des habitants dont témoigne l'auteur. Il est à ce titre « l'éternelle lamentation canadienne » (p. 40) et fait l'objet de très nombreuses descriptions de la part de Louis Hémon qui consacre à la seule venue de cette saison un chapitre entier. Mais au-delà du déploiement de la saison hivernale qui occupe la moitié du roman, la marche des saisons a plus sûrement fasciné Louis Hémon qui choisit de structurer son roman comme ces almanachs qui ornent la maison d'Azalma Larouche, moyen efficace qui confère à l'ensemble du récit une perspective réaliste qui en assure le succès.

Le lecteur retiendra l'usage du néologisme◆ « hivernement », pour suggérer l'idée d'enfermement lié à l'hiver, au long engourdissement de la nature.

...il était normal, pour un Français, de mettre en relief cet engourdissement stérile auquel la neige et le froid contraignent chaque année la terre canadienne, bien que la présence extraordinaire de l'hiver dans l'œuvre soit également l'indice d'une maturité de l'observation réaliste.
Mireille Servais-Maquoi

La nature permet en dernier lieu de mieux juger des personnages qu'elle modèle laborieusement : « Dans l'univers romanesque de Louis Hémon, le sort de la terre et le destin matériel, psychologique, moral des personnages se répondent en une mutuelle et constante interaction» (Mireille Servais-Maquoi). Or, la nature elle-même pourrait être hissée au rang de personnage, car elle est en définitive étonnamment vivante, dotée de sentiments et parfois de parole.

Pour Louis Hémon en tout cas, il ne fait pas de doute que cette nature canadienne fut l'une des révélations de son voyage, celle d'un homme qui sait qu'un pays se découvre intimement et avant tout à travers sa géographie.

Au pays de Québec

L'expression «pays de Québec», employée une quinzaine de fois, désigne un thème très important du roman. On peut du reste se demander s'il ne s'agit pas là du thème essentiel de l'œuvre, l'histoire d'amour de Maria n'étant que le prétexte utilisé par Louis Hémon pour témoigner d'un intérêt passionné pour le pays.

En effet, son récit est ponctué d'observations dont la formulation a tendance à brouiller notre perception du genre de l'œuvre. S'agit-il d'une œuvre romanesque et purement littéraire ainsi qu'il est communément admis, d'un récit du terroir◆ comme pourrait le laisser supposer l'attention portée au thème de la nature, ou bien *Maria Chapdelaine* n'est-il finalement qu'un journal de voyage déguisé, à la manière des romans de Pierre Loti ? La question se pose de façon pertinente lorsqu'on cherche à savoir ce que recouvre exactement cette fameuse formule du «pays de Québec». Le plus souvent, elle introduit ou souligne des remarques d'ordre général, concernant le langage notamment, qu'il s'agisse du «tutoiement facile du pays de Québec» (p. 23), de «l'orthographe des noms et leur application [qui] sont devenues des choses incertaines» (p. 54), ou bien d'un mot comme «s'écarter».

En fait, qu'il se préoccupe des questions de langage ou qu'il cherche à définir les coutumes et activités du pays avec la cueillette des bleuets et la grande industrie du bois au chapitre V, c'est toujours ce sentiment de distance prise avec le roman qui domine ainsi que l'impression pour le lecteur de lire plusieurs œuvres en une seule: un roman d'amour et un récit de voyage, un manuel scolaire de géographie ou bien encore le rapport de terrain d'un anthropologue.

Louis Hémon adopte en fait le point de vue de l'étranger lorsqu'il envisage le pays de Québec, et s'adresse à un lectorat français. L'auteur n'a d'ailleurs jamais cherché à publier *Maria Chapdelaine* au Québec; il avait proposé à l'éditeur français Grasset de lui faire parvenir un journal de son voyage au Québec. Il n'est donc pas étonnant que son œuvre ait finalement adopté un genre hybride.

Toutefois si le but présumé de l'auteur est de faire connaître et apprécier le Québec à l'extérieur, cette œuvre n'en reste pas moins une forme d'hymne célébrant la province et rendant hommage à ses habitants. Dans la toute dernière

La population locale a en effet vivement intéressé Louis Hémon qui souligne l'allégresse, la jeunesse et la simplicité de la «race» (p. 29), autre expression consacrée de ce roman. On remarque au passage que les traits de caractère de la race des pionniers et de sédentaires systématiquement augmentés d'adjectifs emphatiques tels que: «éternel», «infini», «invincible», comme si l'auteur cherchait à désigner une race de héros digne des légendes.

partie du chapitre XV, Maria devient le canal grâce auquel la voix du pays de Québec se fait magistralement entendre et dont Louis Hémon recueille les paroles. Sur un mode résolument patriotique, voire nationaliste, il traduit « ce chant de femme » qui est plus sûrement un « sermon de prêtre » (p. 193). Et l'on mesure l'affection que l'auteur ressent pour le pays à l'exaltation et à l'emphase qui dominent l'écriture de cette fin de chapitre : « Nous sommes venus il y a trois cents ans, et nous sommes restés... [...] Nous avions apporté dans nos poitrines le cœur des hommes de notre pays, vaillant et vif, aussi prompt à la pitié qu'au rire, le cœur le plus humain de tous les cœurs humains : il n'a pas changé [...] De nous-mêmes et de nos destinées, nous n'avons compris clairement que ce devoir-là : persister... » (p. 193-194). Cette tirade à elle seule suffit à justifier le caractère mythique du roman et à couvrir la jeune Maria Chapdelaine d'une aura légendaire.

Le rêve d'amour

Maria Chapdelaine est le roman d'un premier amour adolescent qui demeure un rêve, faute de pouvoir être vécu. Ce sentiment est synonyme de grands bouleversements dans la vie de Maria puisqu'il implique son engagement et, à moyen terme, le choix d'un mari. L'amour est ainsi le moteur principal de l'intrigue, par ailleurs assez mince, de ce roman.

De manière convenue, ce sentiment se manifeste au printemps, c'est-à-dire dès le premier chapitre lorsque François Paradis aborde les Chapdelaine à la sortie de l'église de Péribonka. Il est le fait d'une seule rencontre et tient du coup de foudre si l'on en juge par les réactions des deux jeunes gens. François Paradis omet de répondre à Samuel Chapdelaine, captivé par la vue de la jeune fille. Quant à Maria, encore ignorante du sentiment très neuf qui l'assaille, elle associe son impression à l'arrivée du printemps ou bien encore à « l'approche d'une autre raison de joie qui venait vers elle sans laisser deviner son nom » (p. 27).

Si ce n'était l'ignorance de Maria vis-à-vis de ses propres sentiments, on pourrait évoquer la naissance brutale d'un amour-passion, « jaillissement d'espoir et de désir » (p. 90), bien différent de l'intérêt qu'elle portait jusqu'alors à Eutrope Gagnon. Ce dernier voue cependant de son côté un amour sincère et profond à la jeune fille.

Toutefois, aucun des trois prétendants n'éprouve de sentiment comparable à celui de Maria pour François, et c'est finalement l'amour de la jeune fille qui importe dans ce roman où il fait l'objet de longs développements.

En effet, on observe l'attitude plutôt réservée et conventionnelle de François Paradis, sa surprenante demande à Maria, plus proche de la confession au prêtre et de la prise de bonne résolution que de l'aveu d'amour. Lorenzo Surprenant, lui, parle d'amour avec une « simplicité directe et pratique » mais regarde longuement Maria, sans rien deviner « de ce qui se passait dans son cœur » (p. 147). En fait, seul Eutrope Gagnon sait être convaincant lorsqu'il dit « timidement, avec honte et pourtant découragé d'avance : [...] – Vous savez bien que j'ai de l'amitié pour vous, Maria [...] – L'amitié que j'ai pour vous..., ça ne peut pas se dire » (p. 149-150 et 152).

François Paradis n'est par conséquent qu'un rêve d'amour, celui du premier amour d'une jeune fille pour un homme à l'image de son père. Or, s'il est un homme des bois comme Samuel Chapdelaine, François Paradis n'est pas exactement un défricheur puisque son plaisir consiste à commercer avec les Amérindiens dont il a adopté l'allure. On ne voit donc pas quelle place pourrait occuper Maria, dans ces circonstances, auprès d'un homme aussi avide de liberté.

En revanche, cette belle liberté en fait un homme exceptionnel qui « semblait avoir apporté avec lui quelque chose de la nature sauvage [...] Et Maria, que sa vie rendait incapable de comprendre la beauté de cette nature-là [...] sentait pourtant qu'une magie s'était mise à l'œuvre et lui envoyait la griserie de ses philtres dans les narines » (p. 75). François Paradis est en réalité la figure idéale de l'amour, apparaissant dans des circonstances exceptionnelles, théâtralement lorsqu'il émerge par surprise du nuage de boucane pour la veillée chez les Chapdelaine.

Après le départ de François et l'échange de serments, Maria commence tout naturellement à rêver de leurs retrouvailles. C'est alors que leur histoire se déplace définitivement vers le rêve, plus palpable que la réalité. En effet, ce sentiment d'un amour devenu platonique l'absorbe tout entière, et ce, jusqu'à la dernière page du chapitre X, c'est-à-dire bien après l'annonce de la mort du « seul homme au monde qui comptât vraiment » (p. 115). Pendant tout ce temps, la jeune fille aura fait le deuil d'un sentiment fulgurant, de ce qu'elle appelle « le vrai amour [...] une grande flamme chaude et claire qui s'était éloignée pour ne plus revenir ». (p. 156) Mais elle fait surtout le deuil de son adolescence, de ces impulsions et émotions vives qui l'ont traversée violemment, pour devenir une femme capable de s'engager à devenir l'épouse d'Eutrope Gagnon.

Avec *Maria Chapdelaine*, Louis Hémon trouve les mots propres à guérir l'être humain du drame d'amour et définit un avenir possible, une libération qui s'accomplit dans le sens d'un approfondissement. Nicole Deschamps écrit : « Ce livre doux et triste, simple et secret, raconte la modulation intérieure d'un être qui est contraint d'accepter la condition humaine, et qui, par ce choix, se délivre. »

La solitude

La solitude est une réalité du pays qu'illustre la description de Péribonka au premier chapitre, avec « sa petite église de bois et ses quelques maisons, de bois également, espacées le long du chemin » (p. 19) et perdues dans la blancheur froide de la plaine.

Toutefois elle concerne particulièrement les membres de la famille Chapdelaine et tous ceux du roman qui vivent retirés dans le bois. Lorsque Louis Hémon décrit le paysage traversé par Maria et son père rentrant de Péribonka,

Une fois de plus elle ressentait un effarement tragique en songeant à leur solitude, dont elle ne se souciait guère autrefois. C'était bon quand tout le monde était fort et joyeux et qu'on n'avait pas besoin d'aide; mais qu'un peu de chagrin vînt, une maladie, et le bois qui les entourait semblait resserrer sur eux sa poigne hostile pour les priver des secours du monde […].
Maria Chapdelaine, p. 162-163

– Que c'est donc plaisant de recevoir de la visite, alors qu'on ne voit presque qu'Eutrope Gagnon d'un bout de l'année à l'autre. Voilà ce que c'est de rester si loin dans les bois... Du temps que j'étais fille, à Saint-Gédéon, la maison était pleine de veilleux quasiment tous les samedis soirs et tous les dimanches […].
Maria Chapdelaine, p. 51

où « les maisons s'espaçaient, **pathétiquement** éloignées les unes des autres » (p. 31), la description s'imprègne des sentiments des protagonistes.

Cet isolement, inhérent à la vie dans le bois, est pourtant différemment vécu par chacun. « Pour Maria Chapdelaine, qui regardait toutes ces choses distraitement, il n'y avait **rien là de désolant ni de redoutable**. » (p. 26-27) Malgré tout, la mort de son bien-aimé va modifier sa perception de la solitude et le sens de cette réalité, dès lors vécue comme un abandon douloureux avec le reste du monde. Dans les situations difficiles, elle déplorera cette solitude, notamment lorsque sa mère mourante nécessitera de l'aide.

Dans ce roman, le sentiment de solitude est du reste affaire de femmes et touche particulièrement la mère Chapdelaine : regrettant la vie sociale d'autrefois, elle cherche parfois à cacher sa mélancolie « sous la guise d'une gaieté exagérée » (p. 113). Mais la plupart du temps, elle ne peut s'empêcher de se remémorer ses souvenirs de jeunesse avec une pointe de regret bien perceptible dans la voix.

Dans certaines circonstances, le père Chapdelaine, responsable de leur isolement, se prend à regretter cette situation lui aussi, et la maladie de la mère Chapdelaine en est une : « La peur de la mort envahit la maison. Ils se sentirent isolés du reste du monde, sans défense, n'ayant même plus de cheval [...] et leurs yeux se mouillèrent [...], immobiles, consternés, comme par une trahison » (p. 167-168). Mais pour le reste, Samuel Chapdelaine n'a pas besoin de la société ; mieux encore, il la fuit chaque fois qu'elle devient trop présente. Il est en effet de cette race de pionniers qui se satisfait de la solitude et la recherche, laissant ce qu'il y a de difficile à vivre seul aux « habitants » tel Eutrope Gagnon (p. 66). Toutefois Samuel Chapdelaine vit entouré de sa famille, ce qui le distingue des draveurs d'autrefois, de ceux de la trempe d'Edwige Légaré qui, resté quatorze mois sans voir une maison, en connaît « qui se sont mis à pleurer quand on leur a dit qu'ils pouvaient s'en retourner chez eux, parce qu'ils pensaient qu'ils allaient trouver tout le monde mort, tant ça leur avait paru long » (p. 68).

La mort

La mort intervient deux fois dans le roman ; elle fait son entrée en même temps que l'hiver, qui frappe la végétation avant de s'emparer des hommes. L'idée d'une nature pareille à un piège mortel est présente dès le premier chapitre, c'est-à-dire bien avant le drame qui doit transformer le regard de Maria et lui faire considérer le paysage alentour comme « un pan de quelque planète déshéritée où ne régnait jamais que la froide mort » (p. 146).

Dans ce roman, la nature en général (l'hiver et le bois en particulier) est donc grande pourvoyeuse de mort. Au chapitre XIV, par exemple, la tempête se lève et fait notamment trembler les parois de la maison alors que Laura Chapdelaine agonise.

Or, les morts des deux personnages perçues comme les manifestations de la nature sauvage et indomptable, sont du même coup vécues comme des événements prévisibles et acceptables : « son cœur avait trouvé dans la certitude et dans l'attente de la mort une sorte de sérénité triste » (p. 175).

Que la mort arrache à Maria l'être aimé et l'espoir d'amour ou qu'il lui enlève le réconfort et l'exemple maternels, les deux événements apparaissent comme des épreuves quasi inévitables de la vie, qui, bien qu'extrêmement douloureuses, contribuent à l'évolution de la jeune fille et à sa maturation. Maria prend une part active aux tâches domestiques lors de la maladie de sa mère et gagne alors seulement la place de femme devenue vacante au sein de la famille, apportant ainsi la preuve magistrale qu'elle est bien de cette « race qui ne sait pas mourir... » (p. 194).

La religion

La religion est un thème omniprésent dans *Maria Chapdelaine*, au moins aussi récurrent que celui de la nature, même s'il n'en a pas la puissance. En fait, la religion rythme la vie sociale et familiale aussi impérieusement que les saisons rythment les activités agricoles des hommes.

« Ita missa est » est la première phrase du roman qui débute par une description de la sortie de l'église de Péribonka. Louis Hémon se place en observateur des us et coutumes de la population, évoque la messe comme étant « une heure et demie de contrainte » pour les hommes (p. 20) et « la fête unique de leur vie » pour les femmes (p. 23). En réalité, la messe est un événement important pour tous. « Aller à la messe de minuit, c'est l'ambition naturelle et le grand désir de tous les paysans canadiens » (p. 101-102), fort regretté notamment de Samuel Chapdelaine qui aime « le spectacle magnifique du culte » (p. 29).

La religion est donc constitutive de l'univers mental des personnages et intéresse l'auteur en ce sens. C'est en ethnologue que Louis Hémon relève les longues litanies succédant aux *Pater* et *Ave* de la prière du soir, et sans doute aussi parce que d'un point de vue narratif, ces insertions confèrent au récit une note réaliste toujours efficace.

Mais en vérité, Louis Hémon est plus prompt à déceler, au-delà de l'observation stricte des rites (les signes de croix autour de la table, la récitation du chapelet à l'heure de la messe), une foi presque superstitieuse et fortement teintée de paganisme, remplie de « génies néfastes ou bienveillants » comme chez la mère Chapdelaine. Maria quant à elle se contente de penser que mille *Ave* récités avant Noël aideront à exaucer son vœu au sujet de François Paradis ; elle observe dans ce but un jeûne, mortification nécessaire. Sa foi est moins échevelée et sans doute moins libre que celle de sa mère, plus soumise en fait à la parole du prêtre qu'elle entend lors des messes dominicales et à l'occasion d'une discussion en tête à tête avec le curé de Saint-Henri-de-Taillon. Remplie de doutes sur le chemin à suivre et le sens de son existence, elle est réceptive à toutes paroles susceptibles de l'éclairer dans sa démarche. Toutefois, « une phrase avait trouvé Maria quelque peu incrédule : l'assurance du prêtre que François Paradis, là où il se trouvait, se souciait uniquement des messes dites pour le repos de son âme » (p. 130). Et le lecteur comprend que la stricte observance de la parole du prêtre n'est due qu'à la jeunesse du personnage dont la maturité se manifestera conjointement à la soumission aux « voix du pays de Québec », celle dominante du clergé rivalisant avec cette autre voix de la terre primitive et des croyances très anciennes qu'elle véhicule. Enfin Samuel Chapdelaine lui-même observe une certaine liberté vis-à-vis de la chose religieuse ou, si l'on veut de la « divinité » comme il se plaît à dire le plus souvent.

En réalité, il n'y a vraiment que Tit'Sèbe le « remmancheur » qui soit porteur d'une foi profonde et mystique. Lui ne parle pas du « bon Dieu » en homme de loi mais en homme de cœur qui soigne les corps autant que les âmes. Il est en effet proche du mystère de la mort et se fait le porte-parole inspiré du prêtre en chemin avec le Saint-Sacrement. On perçoit du reste dans ce dernier portrait l'intérêt sincère de l'auteur pour le personnage, alors que Louis Hémon s'était contenté jusqu'alors de témoigner de la place de la religion dans la vie quotidienne des gens sans jamais paraître touché par le phénomène.

Nomades et sédentaires

L'opposition entre les nomades et les sédentaires constitue l'un des thèmes phares de ce roman, sans doute parceque la condition de nomade importe particulièrement à Louis Hémon. Voyageur et aventurier, ayant abandonné sa famille et plus récemment sa maîtresse et son enfant, l'auteur était personnellement concerné par ce sujet. Il fut naturellement sensible à la condition des pionniers du pays de Québec dont il partagea la vie durant un temps et sans doute les aspirations à la liberté, à la solitude. Il les met en scène abondamment dans son récit.

Pour autant, il ne sous-estime pas les revendications des sédentaires. Dans le roman de *Maria Chapdelaine*, l'opposition nomade-sédentaire se juxtapose en réalité à une opposition homme-femme. Or, l'on sait toute l'admiration que voue Louis Hémon à la femme canadienne-française. La mère Chapdelaine, le personnage majeur associé à ce thème, incarne à elle seule le conflit qui règne entre les cultivateurs sédentaires et les défricheurs nomades. Prenant part à toutes les discussions sur le sujet, on peut la croire d'abord vouée à la seule cause des paysans sédentaires, mais la suite du roman nous dévoile un parti pris plus complexe et nuancé. Au chapitre XV, le père Chapdelaine décrit Laura comme partie prenante de la cause pionnière au début de leur vie commune, ce que suggérait en filigrane l'attitude de la mère Chapdelaine au chapitre IV: « Elle se fit le chantre des gestes héroïques des quatre Chapdelaine et d'Edwige Légaré, de leur bataille contre la nature barbare et de leur victoire de ce jour. » (p. 60) Plus clairement, Louis Hémon évoquera « l'éternel malentendu des deux races: les pionniers et les sédentaires, les paysans venus de France qui avaient continué sur le sol nouveau leur idéal d'ordre et de paix immobile, et ces autres paysans, en qui le vaste pays sauvage avait réveillé un atavisme lointain de vagabondage et d'aventure. » (p. 48-49) Car au-delà de cette confrontation, il existe un attachement commun à la terre qui concerne tous ces hommes du pays de Québec. C'est d'ailleurs ce qui les différencie en tous points des émigrants qu'incarnent Lorenzo Surprenant et les trois Français rencontrés à la veillée.

Pistes

- Louis Hémon n'a pas prêté à la terre le visage souriant que lui conféraient jusque-là les apologies tendancieuses des romanciers des siècles précédents. La mise en scène de la nature canadienne s'avère avant tout réaliste et la terre cesse alors d'être présentée dans le roman canadien-français comme le seul univers vital en dehors duquel n'existeraient pour l'homme que la misère et le péché. La nature et, par extension, le pays sont les thèmes qui ont touché les lecteurs de l'époque de Louis Hémon et catalysé les réactions, à commencer par celles du clergé canadien-français et de la droite catholique française.
- L'éclairage nouveau projeté par Lorenzo Surprenant sur la réalité paysanne annonce *La Scouine* de Laberge.

Vocabulaire

En tant que récit écrit par un auteur français, *Maria Chapdelaine* se caractérise par le recours à une langue enrichie de québécismes (« vitement », « icitte », « en masse », « les écureux », « un adon », « entendre la risée ») et de quelques anglicismes signalés en italique (*foreman*, *boss*, *job*, *rough*, *cowboys*, *cash*).

Le texte auquel nous avons accès aujourd'hui est présenté dans sa forme originale, mais fut d'abord l'objet de plusieurs corrections dans le but de rendre plus accessible au lectorat français la langue retranscrite par Louis Hémon. Afin de se rapprocher de l'idéal culturel de la société canadienne-française du début du XXe siècle, l'éditeur montréalais s'arrangea notamment pour faire parler un français plus orthodoxe au prêtre de Saint-Henri-de-Taillon et remplaca le « toué » en « toi », le « ouais » en « oui ».

Bien entendu, c'était outrepasser l'œuvre de Hémon qui, à plusieurs reprises dans le roman, signifie clairement son intérêt pour la langue canadienne-française et dont on imagine que chaque expression fut scrupuleusement relevée puis mesurée avant d'être introduite dans le texte. En effet, l'approche de l'auteur est nettement didactique et certains termes en particulier sont expliqués très précisément. C'est le cas du « bleuet, qui est la luce ou myrtille de France » (p. 65), ou bien de la boucane faite dans la vieille chaudière.

On n'a donc pas besoin d'un glossaire pour lire *Maria Chapdelaine* et la langue canadienne-française, circonscrite aux dialogues, doit permettre au lecteur de cerner chaque personnage dans sa vérité psychologique tout en s'imprégnant de la réalité paysanne du pays de Québec.

Concernant la partie strictement narrative, le vocabulaire de Louis Hémon est sobre et précis, au service de l'histoire ; et les termes techniques de « bacul »◆ et « godendard »◆, ou ceux savants tels que « métempsycose » sont extrêmement rares. L'auteur évite ainsi les deux écueils classiques dans le domaine du roman du terroir, à savoir l'emploi systématique d'une langue exagérément soutenue et l'insertion abusive, dans le récit, de vocables régionaux.

On note toutefois le recours à un vocabulaire du merveilleux afin de servir l'idée de l'amour, ce qu'on appelle un champ lexical, et qui se distingue du registre de vocabulaire prévalant dans l'ensemble du texte. « Le miracle, le rêve, la magie, la griserie, les philtres, les charmes, un sortilège impérieux » sont les termes qui servent à définir le sentiment amoureux de Maria. Dans le même ordre d'idées, l'hiver devient après la mort de François Paradis « comme un essaim de mauvaises fées, avec des ricanements prophétiques de malchances ou des silences plus terribles encore » (p. 141). Mais la nature est le plus souvent l'objet d'un champ lexical en rapport étroit avec la mort, et « les ruines, le cimetière, les squelettes, l'agonie, la condamnation, le sursis, le couperet » sont les mots utilisés pour rendre compte du bois et de l'hiver, d'autant mieux qu'ils suggèrent l'angoisse et annoncent le drame tout proche de la mort de François Paradis et de la mère Chapdelaine.

Un lyrisme étonnamment puissant est finalement à l'œuvre dans le chapitre XV et dans le choix de certaines expressions en particulier. Le plus pauvre des fermiers savoure notamment « le grand contentement de savoir que la chaleur du soleil, la pluie tiède, l'alchimie généreuse de la terre — toutes sortes de forces géantes — travaillaient en esclaves soumises pour lui... » (p. 190).

On constate l'usage de mots ou d'expressions chères à l'auteur et non spécifiques au roman *Maria Chapdelaine*, tels que « la race », ou encore « les barbares » pour désigner les étrangers et, dans ce contexte précis, les Anglais ; des termes que l'on trouve également dans le roman *Battling Malone, pugiliste*.

Syntaxe

Parallèlement aux remarques de vocabulaire concernant les emprunts à la langue canadienne-française, il convient d'observer la syntaxe en usage dans les dialogues. En effet, pourvu qu'elle traduise la réalité de la langue parlée, Louis Hémon ne se formalise pas de retranscrire la syntaxe libre, voire parfois disloquée d'une phrase entendue lors de son séjour à Péribonka. De cette manière, Samuel Chapdelaine interroge : « Et c'est-y une grosse place là où vous êtes ? » (p. 72), tandis que François Paradis déclare : « Il n'y en a pas guère cette année » (p. 79) pour désigner les bleuets.

On note également de fréquentes substitutions syntaxiques du genre de « sa mère » pour « ma mère » qui ponctuent les répliques de Maria, témoignant là encore de la vivacité d'un parler archaïsant et paysan, plutôt que spécifiquement canadien-français.

Mais Louis Hémon n'abuse pas de ce procédé propre à suggérer le pittoresque, et les dialogues reproduisent le plus souvent les tournures de l'oral avec sobriété et sans « incorrection » syntaxique notoire.

La place qui revient aux dialogues est du reste limitée et la syntaxe s'avère relativement simple en ce qui concerne la narration. Dans ses descriptions, l'auteur privilégie les phrases longues visant à créer des tableaux ou des scènes vivantes, sortes d'hypotyposes◆. Il a recours pour cela à l'énumération : « En d'autres pays c'était le renouveau, le travail ardent de la sève, la poussée des bourgeons et bientôt des feuilles, mais le sol canadien, si loin vers le nord, ne faisait que se débarrasser avec effort de son lourd manteau froid avant de songer à revivre. » (p. 45) L'amplitude des phrases, qui peuvent être également formées de plusieurs propositions subordonnées, témoigne en fait de la volonté d'imposer un rythme de lecture et de pensée lent et régulier, en adéquation avec le sujet et la réalité paysanne que rapporte l'auteur.

Évoquée au chapitre XII, une lenteur de diction caractéristique ne peut manquer d'être respectée si l'on cherche à réciter le texte de *Maria Chapdelaine* à haute voix, un peu comme dans une mélopée◆. Les voix du Québec qui se font entendre à la fin du roman nous y invitent du reste tacitement, mais composent alors un mouvement de la symphonie générale du texte qui doit être lu sur le mode crescendo. On constate au chapitre XVI un singulier élan lyrique qui contraste avec le ton relativement neutre conservé jusque-là par le récit et « une réelle musicalité des phrases admirablement balancées » que décrit très justement Mireille Servais-Maquoi : « Elle vint comme un son de cloche, comme la clameur auguste des orgues dans les églises, comme une complainte naïve et comme le cri perçant et prolongé par lequel les bûcherons s'appellent dans les bois. Car en vérité tout ce qui fait l'âme de la province tenait dans cette voix » (p. 193).

Ils n'avaient pas la lenteur de diction canadienne, ni cet accent indéfinissable qui n'est pas l'accent d'une quelconque province française, mais seulement un accent paysan, en quoi les parlers différents des émigrants d'autrefois se sont confondus.
Maria Chapdelaine, p. 134

On comprend dès lors comment ce roman a pu nourrir les discours politiques de son époque et notamment cette vigoureuse prosopée◆ qui est devenue un véritable morceau d'anthologie◆ franco-canadienne : « Nous sommes venus il y a trois cents ans, et nous sommes restés... [...] Et nous nous sommes maintenus, peut-être afin que dans plusieurs siècles encore le monde se tourne vers nous et dise : Ces gens sont d'une race qui ne sait pas mourir... Nous sommes un témoignage. » (p. 193-194)

L'auteur n'hésite pas dans ce cas à employer le passé composé dont la fonction narrative est de ramener le récit à l'actualité de celui qui parle, grâce au présent que véhicule son auxiliaire. Le passé composé constitue effectivement le temps de la parole quotidienne, au même titre que le présent fréquemment utilisé dans les dialogues. C'est au passé composé et au présent que l'auteur choisit de traduire les pensées de Maria. Usant du style indirect libre◆, il pénètre de cette façon au cœur des réflexions de son héroïne qu'il rapporte dans un langage parfaitement classique et évite l'emploi encombrant et malvenu de la langue régionale dont il préfère user avec sobriété. « Le froid qui précède l'aube est encore loin et Maria se trouve parfaitement heureuse de rester assise sur le seuil et de guetter la raie de lumière rouge qui vacille, disparaît et luit de nouveau au pied du four. Il lui semble que quelqu'un lui a chuchoté longtemps que le monde et la vie étaient des choses grises [...] Ce n'est pas vrai, tout cela. » (p. 89-90) Par ailleurs, on retrouve dans *Maria Chapdelaine* les temps conventionnels du récit dont le passé simple et l'imparfait forment la trame principale, le premier afin de rendre compte des événements successifs et le second pour poser le décor.

Figures de style

La langue canadienne-française retranscrite dans les dialogues n'est pas à proprement parler métaphorique ni poétique, ce qui ne signifie pas qu'elle soit dépourvue de saveur. En fait, elle est sûrement savoureuse aux yeux du lecteur français qui découvre un parler populaire simplifié et retrouve du même coup la rusticité de la syntaxe paysanne.

Or, tout en cherchant à mettre en valeur la parole de ces gens avec beaucoup d'honnêteté, Louis Hémon, dans ses descriptions de la nature, ne se refuse pas le plaisir de la métaphore ni celui de la comparaison. Les éléments naturels sont le plus souvent associés à des verbes d'action et respectivement, ils « reprennent leur marche heureuse, doutent du printemps, chuchotent, défilent, etc. » L'action guerrière met plus précisément en valeur la progression de l'hiver, avec le froid qui « sifflait comme la rumeur d'une horde assiégeante » (p. 100) ou bien encore les nuages qui reviennent « sous forme de longues nuées confuses et déchirées, pareilles aux débris d'une armée après la défaite » (p. 83).

Par ailleurs, les ruisselets sont « espiègles » (p. 190), les nuages « allègres » (p. 83), l'automne « mélancolique » (p. 92), la terre « impitoyable » (p. 136) et le norouâ « meurtrier » (p. 156), autant d'adjectifs qualificatifs dont le choix concourt à une vision personnifiée de cette nature, « heureuse de voir l'hiver fini » et qui « envoyait par la fenêtre ouverte de petites bouffées de brise tiède qui semblaient des soupirs d'aise » (p. 195).

Ce monde, l'auteur le pense comme un personnage à part entière lorsqu'il le compare finalement à «une belle créature qu'un coup de baguette miraculeuse délivre enfin d'un maléfice...» (p. 181). Le merveilleux est ainsi sollicité et clairement mis en œuvre pour définir la nature ou plus sûrement encore la vision qu'en ont les personnages du roman, sensibles à une dimension surnaturelle du monde qui les entoure. Selon Mireille Servais-Maquoi, ce procédé conférerait au mode descriptif un souffle vital en permettant d'éviter la monotonie du ton «commentaire» ou «reportage illustré» qu'engendre nécessairement l'insertion systématique de prises de vue.

Si elle est imagée, la prose de Louis Hémon l'est néanmoins sans excès et de façon toujours équilibrée, au service du sujet traité dans ce roman d'inspiration paysanne. «Avec *Maria Chapdelaine*, le roman canadien-français s'enrichit en définitive d'une incontestable réussite sur le plan de l'expression» (M. Servais-Maquoi).

Mémo

- L'emploi du style indirect libre permet à l'auteur de rapporter les pensées de Maria sans changer de registre narratif et reproduit le monologue intérieur du personnage de la manière la plus naturelle et harmonieuse qui soit.

Piste

- Concernant la narration, Hémon n'a pas abusé de la troisième personne et a évité ainsi la position du créateur omniscient, au profit des dialogues.

Synthèse de l'œuvre

Né en 1880 à Brest, Louis Hémon quitte la France en 1903 pour s'installer en Angleterre où il séjourne pendant huit ans. Muni de diplômes en droit et en langues orientales, il refuse d'embrasser une carrière et multiplie toutes sortes de petits emplois. Cette situation lui laisse une grande liberté pour écrire des articles à la fois littéraires et sportifs. Quelques nouvelles primées dans des concours attestent déjà de la qualité de sa plume.

En 1911, abandonnant sa vie londonienne et fuyant une maîtresse et son enfant née en 1909, Louis Hémon se rend au Québec. Il parvient rapidement au Lac-Saint-Jean où il se fait embaucher comme garçon de ferme chez les Bédard. C'est là qu'il puisera la matière pour composer son prochain roman. D'instinct, il sait s'approprier les valeurs que défend la littérature canadienne-française de l'époque, cet attachement à la terre et plus largement à la tradition qu'il exprimera de manière exemplaire.

Le roman *Maria Chapdelaine* décrit la vie d'une petite communauté de défricheurs au début du XXe siècle à Péribonka, et se préoccupe plus particulièrement du quotidien de la famille

Chapdelaine. Rythmé par le passage des saisons et la succession des travaux à effectuer, le récit s'organise autour du personnage de Maria, la fille aînée que trois hommes demandent en mariage. En acceptant d'épouser l'habitant, la jeune fille suit finalement l'idéal héroïque de sa mère et obéit aux « voix », celle de sa conscience naissante de femme et cette autre voix dominante du clergé qui tient lieu d'instance politique à l'époque.

Seul un nouveau venu, formé à l'extérieur de notre couvent national, pouvait se permettre de jouer aussi librement avec les mythes courants de l'époque, exprimer à parts égales la simple grandeur humaine et l'atroce dénuement du colon.
(Gilles Marcotte, *Une littérature qui se fait*, 1962)

L'écrivain voyageur se pose alors en témoin d'une réalité et non comme l'auteur bien-pensant et le porte-parole engagé que les critiques de la droite française ont voulu reconnaître en lui après sa mort.

Publié à titre posthume, *Maria Chapdelaine* a fait l'objet d'une récupération qui a contribué à sa fortune tout en réduisant son propos.

Il est en fait difficile de déterminer les raisons exactes qui ont motivé la rédaction d'un tel récit, en marge de la production de cet écrivain secret et sauvage qui a pourtant su toucher un public par-delà les frontières et les générations. Il reste que ce roman a posé un jalon significatif dans l'évolution du roman canadien tout en exerçant une influence considérable sur les productions des décennies suivantes, ce qui constitue sans doute la principale singularité de *Maria Chapdelaine. Récit du Canada français* écrit par un lointain cousin de Bretagne.

Quiz

Identifier, selon le cas, la réponse la plus juste ou la plus complète.

1 En octobre 1911, Louis Hémon affirme s'embarquer pour le Québec :

a) afin de fuir ses nouvelles responsabilités de père de famille ;

b) par goût de l'aventure ;

c) pour écrire son prochain livre.

2 *Maria Chapdelaine* n'est pas un roman du terroir traditionnel :

a) parce que son auteur est Français ;

b) parce que l'Église a ouvertement condamné son réalisme cruel ;

c) parce qu'il parle d'amour.

3 Le roman propose une structure :

a) simple, qui suit le rythme des saisons ;

b) qui joue sur les oppositions homme/femme et nomade/sédentaire à la manière d'une tragédie classique en cinq actes.

4 L'amour de Maria Chapdelaine et de François Paradis est traité sur le mode :

a) du rêve et du merveilleux ;

b) du lyrisme dramatique ;

c) de l'épopée.

5 Le style de Louis Hémon (phrases simples, vocabulaire sobre, style indirect libre) cherche à traduire :

a) l'emprise absolue de la nature sur les hommes ;

b) le réalisme lyrique de la vie paysanne ;

c) la grandeur et les beautés de la religion.

6 Lorenzo Surprenant joue essentiellement un rôle :

a) de révélateur ; il révèle aux habitants leur condition véritable ;

b) de tentateur ; il cherche à obtenir la main de Maria et, dans ce but, lui fait miroiter mille merveilles ;

c) de chevalier servant ; il veut sortir Maria de sa condition et lui offrir une meilleure vie.

7 Pour écrire son roman, Louis Hémon a choisi une approche essentiellement :

a) journalistique ;

b) psychologique ;

c) ethnographique.

8 *Maria Chapdelaine* :

a) est le premier roman du terroir ;

b) est le premier roman de Louis Hémon ;

c) a été publié en France en premier.

Réponses du Quiz à la page 96.

Sujets de dissertation

1 Selon un critique contemporain, «*Maria Chapdelaine* est le roman du regard». Êtes-vous d'accord avec cette affirmation ? Défendez votre point de vue à l'aide d'arguments pertinents et d'exemples précis.

2 *Marie Calumet* (1904), *Maria Chapdelaine* (1916), *Bonheur d'occasion* (1945) : trois romans, trois époques, trois femmes. Malgré leurs différences certaines, peut-on dire que Marie Calumet, Maria Chapdelaine et Florentine Lacasse incarnent un même type de femme, propre à la littérature québécoise ? Développez votre argumentation en traitant des conditions de vie et de l'état d'esprit de ces trois femmes.

3 *Maria Chapdelaine* a pendant longtemps été considéré comme un chef-d'œuvre du roman du terroir. D'après vous, ce jugement était-il justifié ? Répondez en appuyant votre raisonnement sur vos connaissances générales en littérature et sur des exemples tirés du roman.

Conseils de lecture

Études

AYOTTE, Alfred et Victor TREMBLAY, *L'Aventure Louis Hémon*, coll. « Vies canadiennes », Montréal, Fides, 1974.

BOIVIN, Aurélien, *Pour une lecture du roman québécois. De Maria Chapdelaine à Volkswagen blues*, Québec, Nuit blanche Éditeur, 1996.

DESCHAMPS, Nicole, Raymonde HÉROUX et Normand VILLENEUVE, *Le Mythe de Maria Chapdelaine*, Montréal, Presses de l'Université de Montréal, 1980.

DESCHAMPS, Nicole, « Lecture de Maria Chapdelaine », dans *Études françaises*, vol. IV, mai 1968.

HÉMON, Louis, *Lettres à sa famille*, présentation de Nicole Deschamps, Montréal, Presses de l'Université de Montréal, 1968, 219 p. ; Boréal, 1980, 272 p.

MCANDREW, Allan, *Louis Hémon, sa vie et son œuvre*, Paris, Jouve et Cie, 1936.

MONTIGNY, Louvigny de, *La Revanche de Maria Chapdelaine : essai d'initiation à un chef-d'œuvre inspiré du pays du Québec*, Montréal, Éd. de l'A.C.F., 1937.

LÉVESQUE, Gilbert, *Louis Hémon, aventurier ou philosophe ?*, Montréal, Fides, 1980.

POTVIN, Damase, *Le Roman d'un roman. Louis Hémon à Péribonka*, Montréal, Quartier Latin, 1950.

SERVAIS-MAQUOI, Mireille, « Louis Hémon », dans *Le Roman de la terre au Québec*, Québec, Presses de l'Université Laval, 1974.

SOCKEN, Paul, *La Synthèse des contrastes dans Maria Chapdelaine*, Université de Strasbourg, 1978.

Tableau récapitulatif

Le tableau récapitulatif qui suit couvre les années 1880-1921. La première date correspond à la naissance de Louis Hémon et la dernière, à la publication posthume de *Maria Chapdelaine* aux Éditions Grasset.

Note

Ce tableau ne se veut pas exhaustif. Il a été créé dans le but de présenter un aperçu des moments importants de la vie de l'auteur et des grands événements de son époque.

1880-1921	Louis Hémon	Culture	Politique et société	Culture, politique et société
Années	**Vie et œuvre**	**Québec et Canada**		**Dans le monde**
1880	Naissance à Brest le 12 octobre.	Composition de l'*Ô Canada*. Louis Fréchette honoré par l'Académie francaise.	Formation de la *Canadian Pacific Railway Co.*	Exposition universelle de Melbourne. [Australie] *Les Frères Karamazov*, de Dostoïevski (roman). [Russie]
1882	Félix Hémon, le père, est nommé professeur à Paris. Toute la famille s'y installe.		J.-Alfred Mousseau devient premier ministre du Québec (1882-1884).	Exposition universelle de Moscou. [Russie] *Le printemps*, de Claude Debussy (musique). [France]
1887	Étudie au lycée Montaigne.	*La Légende d'un peuple*, de Louis Fréchette (poésie).	Une première locomotive va de Montréal à Vancouver.	Édition du premier « Sherlock Holmes » (roman). [Angleterre]
1893	Étudie au lycée Louis-le-Grand.			Ford construit sa première voiture. [États-Unis]
1897	Entre à la Faculté de droit (Sorbonne) et étudie l'annamite à l'École des langues orientales.	*The Habitant and Other French Canadian Poems*, de William Drummond (poésie).	Compromis Laurier-Greenway sur les écoles du Manitoba.	Exposition universelle de Bruxelles. [Belgique] *Cyrano de Bergerac*, de Edmond Rostand (théâtre). [France]
1899	Premier séjour à Oxford. [Angleterre]	Émile Nelligan fait sa dernière apparition publique, avec la lecture de sa « Romance du vin » (poésie).	Un premier contingent de volontaires canadiens est envoyé en Afrique du Sud, pour participer à la guerre des Boers.	

1900	Licence de droit. Diplôme en langue annamite.		Simon-Napoléon Parent, libéral, devient premier ministre du Québec (1900-1905). Première caisse populaire Desjardins.	Exposition universelle de Paris. [France] Max Planck formule la théorie des quanta. [Allemagne]
1901	Concours d'entrée à l'École Coloniale. Admis dans la section africaine et déçu de ne pas avoir été admis pour l'Asie, il donne sa démission.			Mort de la reine Victoria. [Angleterre]
1902	Service militaire à Chartres. Mort de son frère aîné Félix. En décembre, s'installe à Londres.	Débuts de l'Orchestre symphonique de Québec.		
1903	Gagne le concours du *Vélo* avec *La Rivière*. Félix Hémon est nommé Inspecteur général de l'Instruction publique.	Olivar Asselin fonde la Ligue nationaliste. Lionel Groulx et Émile Chartier fondent l'Association catholique de la Jeunesse canadienne-française.	Création de la Commission canadienne des chemins de fer.	Apparition des premiers taxis à Londres. [Angleterre] Pogroms contre les Juifs en Russie.
1904	Devient collaborateur régulier au *Vélo* qui prendra le nom de *Journal de l'automobile* en novembre 1904. Rentre en France pour une reprise du service militaire.	Olivar Asselin lance le journal *Le Nationaliste*, auquel collabore Jules Fournier.	Création des syndicats d'élevage afin d'améliorer les races employées en agriculture.	Fondation de la compagnie Rolls-Royce. [Angleterre] Jean Jaurès lance le journal *L'Humanité*. [France] *La Cerisaie*, pièce de théâtre d'Anton Tchekhov. [Russie]
1905	Travaille à Londres chez Riley & Co.	Construction du Macdonald College, la faculté d'agriculture de l'université McGill.	Jean-Lomer Gouin, libéral, devient premier ministre (1905-1920). L'Alberta et la Saskatchewan entrent dans la Confédération.	*La Mer*, de Claude Debussy (musique). [France]

1880-1921	Louis Hémon	Culture	Politique et société	Culture, politique et société
Année	Vie et œuvre	Québec et Canada		Dans le monde
1906	Gagne le deuxième prix du concours du *Journal*, avec *La Foire aux vérités* (nouvelle). Remporte le concours de *L'Auto* avec *La Conquête* (nouvelle).	Fondation de l'École d'architecture de Montréal. Ernest Ouimet ouvre le premier véritable cinéma à Montréal, le Ouimetoscope. Fondation de la maison d'édition McClelland and Stewart Limited.		Aux États-Unis, premier dessin animé au cinéma et première émission de radio. Le Norvégien Roald Amundsen détermine la position du pôle Nord magnétique.
1908	Publication dans *Le Temps* de *Lizzie Blakeston* en feuilleton (nouvelle). *Colin-Maillard* est refusé par le même journal (roman). Rencontre avec Lydia O'Kelley.	Célébration des fêtes du Tricentenaire de Québec. Publication de *Anne of Green Gables* (*La Maison aux pignons verts*), de Lucy Maud Montgomery (roman).	Armand Lavergne et Henri Bourassa font leur rentrée à l'Assemblée législative du Québec.	Fondation de la General Motors Company. [États-Unis] Baden-Powell fonde le mouvement des boy-scouts. [Angleterre]
1909	Naissance de sa fille, Lydia Kathleen. Travaille probablement à *Battling Malone, pugiliste* (roman).		Sanction de la loi concernant les responsabilités des accidents de travail, première véritable mesure de sécurité sociale.	Le Français Louis Blériot traverse la Manche en avion.
1910	Travaille comme représentant de commerce. Écrit *Monsieur Ripois et la Némésis* (roman).	Premier congrès de langue française à Québec. Henri Bourassa fonde *Le Devoir*.	Ouverture de l'Abitibi à la colonisation. Adoption d'une loi rendant le bilinguisme obligatoire dans les entreprises de service public.	

1911	Soumet *La Belle que voilà...* qui est refusé (nouvelles). S'embarque le 12 octobre pour Québec. Rédige un journal de voyage : *Au pays de Québec.* À Montréal, signe quelques articles pour *La Presse.*	Jules Fournier fonde l'hebdomadaire *L'Action.* Albert Lozeau commence à faire paraître ses « Billets du soir ».	Création à Montréal de l'École sociale populaire pour diffuser auprès des classes moyennes l'interprétation catholique des problèmes sociaux. Robert L. Borden, conservateur, devient premier ministre du Canada (1911-1920).	Révolution chinoise. Le Norvégien Roald Amundsen atteint le pôle Sud.
1912	Arrivée à Roberval fin juin. Arrivée à Péribonka mi-juillet. Travaille comme garçon de ferme et vit chez Samuel Bédard. Fin septembre, travaille comme arpenteur dans les bois au nord de Péribonka.	Albert Lozeau publie *Le Miroir des jours* (poésie). Fondation du Musée des beaux-arts de Montréal.	Le Québec obtient le territoire de l'Ungava. Fondation à Montréal de la *Montreal Suffrage Association,* inspirée du mouvement des suffragettes américaines et anglaises. Restriction de l'usage du français dans les écoles bilingues ontariennes.	Naufrage du *Titanic.* *L'Annonce faite à Marie*, pièce de théâtre de Paul Claudel. [France] *La théorie de la psychanalyse,* de Carl Jung (essai). [Suisse]
1913	En janvier, à Saint-Gédéon où il rédige *Maria Chapdelaine.* En avril, de retour à Montréal, travaille comme traducteur. Le 26 juin, quitte Montréal à pied pour aller faire la moisson dans l'Ouest. Le 8 juillet, est renversé par une locomotive à Chapleau (Ontario).		Papin Archambault fonde la Ligue des droits du français pour la diffusion de cette langue dans le commerce et l'industrie.	Manifestation des suffragettes à Londres. [Angleterre] Premiers récepteurs radio aux États-Unis.
1914	Publication de *Maria Chapdelaine* en feuilleton dans *Le Temps.*		Première Guerre mondiale : le premier bataillon canadien traverse l'Atlantique.	Mort de Charles Péguy. Assassinat de Jean Jaurès. [France]

1880-1921	Louis Hémon	Culture	Politique et société	Culture, politique et société
Année	**Vie et œuvre**	**Québec et Canada**		**Dans le monde**
1916	Première parution de *Maria Chapdelaine* en volume à Montréal. Mort de Félix Hémon.	Olivar Asselin prononce un discours au Monument national : « Pourquoi je m'enrôle ».	Le Manitoba devient la première province canadienne à accorder le droit de vote aux femmes.	
1921	Parution de *Maria Chapdelaine* chez Grasset.		Fondation de la Confédération catholique du Canada. Fondation de la Ligue des bonnes mœurs. Le Québec est le premier gouvernement en Amérique à étatiser la vente des boissons alcooliques.	

Lexique

Acculturation. Processus par lequel un groupe humain assimile en tout ou en partie les valeurs culturelles d'un autre groupe humain.

Agriculturisme. Idéologie développée par l'Église catholique et les traditionalistes, consistant à défendre la vocation agricole de la race française comme seule condition de sa survie.

Analepse (*flash-back*). Procédé qui consiste à interrompre l'ordre d'un récit pour raconter des événements situés dans un temps antérieur.

Atavisme (atavique). Forme d'hérédité dans laquelle l'individu hérite des caractères ancestraux qui ne se manifestaient pas chez ses parents immédiats ; réapparition d'un caractère primitif après un nombre indéterminé de générations.

Bacul. Pièce transversale de l'attelage où l'on attache les traits du harnais.

Deus ex machina. Au théâtre, personnage ou événement dont l'intervention inattendue apporte un dénouement inespéré à une situation sans issue ou tragique.

Godendard. Grosse scie munie d'un manche court à chaque extrémité, que l'on manie à deux et qui sert à abattre des arbres et à les débiter.

Hypotypose. Description animée et frappante, peinture vive et énergique suggérant une image ou un tableau.

Mélopée. Mélodie monotone et lente. Dans l'Antiquité, passage chanté.

Morceau d'anthologie. Page brillante, digne de figurer dans une anthologie ou recueil de morceaux choisis en prose ou en vers.

Néologisme. Mot d'invention récente ou mot inventé.

Prosopée. Figure qui consiste à faire parler un absent, un mort, un animal ou une chose personnifiés.

Réalisme (réaliste). Courant esthétique (1848-1890) qui se développe en réaction contre le romantisme. Il s'appuie sur l'étude des faits, propose des descriptions précises et minutieuses de la société, choisit des thèmes de la vie quotidienne et s'inspire des milieux bourgeois et populaires. Il s'est d'abord exprimé en peinture, puis dans le domaine littéraire.

Récit du terroir, **roman de la terre**, **roman paysan**. Courant littéraire et esthétique (1846-1945) qui soutient une propagande idéologique contre l'avancée du progrès et en faveur de la colonisation de nouvelles terres. Encouragé par l'Église, il défend les valeurs traditionnelles et le salut économique des Canadiens français par l'agriculture. *Jean Rivard, le défricheur* d'Antoine Gérin-Lajoie, *Trente arpents* de Ringuet et *Maria Chapdelaine* de Louis Hémon, bien qu'illustrant les trois types du roman du terroir (le roman de la colonisation, le roman de la terre paternelle, le roman agriculturiste), s'en distinguent en s'affranchissant des modèles dictés par les autorités religieuses.

Style indirect libre. Manière d'intégrer les paroles d'un personnage dans un récit sans en interrompre le cours, de sorte qu'il devient difficile de distinguer les paroles du narrateur de celles du personnage.

Index

Réponses : 1c, 2b, 3b, 4a, 5b, 6b, 7c, 8c.